ことのは文庫

# ネコとカレーライス

## スパイスと秘密のしっぽ

藤野ふじの



MICRO MAGAZINE

# Contents

# ネコとカレーライス

## スパイスと秘密のしっぽ

# 第1話　5月の朝のモラトリアム

夏の匂いがした。

5月の透明な朝の光の中で。風が木々を揺らし、さわさわと揺れる木漏れ日の中には、いつも足早に通り過ぎていた世界とは全く違う景色が広がっていた。

別に山を登ったわけではない。

ベリーに囲まれた北欧の森を訪れたわけでもない。

澄んだ光が広がる清浄な空気を思いっきり吸い込んだような気分になったけれど、僕は家から歩いて5分の公園にいた。

数日ぶりに外に出たら5月の朝が広がっていた。

ちょうど1ヶ月前に僕は会社を辞めた。

仕事は結構充実していたし、決して嫌いではなかった。だけど、クライアント先から戻って来る途中の3月の木曜日の昼下がりだった。その日は暖かくて、初夏を思わせるような爽やかな優しい風が僕の脇を通り過ぎて行った。風の軌跡をたどるように僕は思わず振り向いた。そこには僕と同じようにスーツを着た大人たちがたくさんいて、皆各自の目的を持ってしっかりと前を向いて進んでいるように見えた。

もう一度優しい風が僕の脇を通り抜けて行った。

僕はその日上司に会社を辞める旨を伝えた。今の仕事に対して、なんの目的も僕は持っていないのだとわかったからだ。なんの目的も持たずに漠然と仕事をしていることがふと怖くなった。

何よりも、僕が目的もなく漂うようにして過ごしていることを、彼女に見透かされていたんじゃないかと怖くなった。

会社を辞めると決意した1週前の同じように静かで暖かな土曜日の昼下がり。

僕が作ったカレー、彼女よりもこれだけは上手に作れる、を食べ終わった彼女は、開け放した窓から入り込んでくる風に心地よさそうに目を細めた。そしてゆっくりと頬杖をついて僕を見上げて言った。

「ロンドンに行けることが決まったんだ。出発は夏頃かな」

松本《まつもと》くん、ごめんね、そう言ってこれ以上ないくらいふわりと笑った彼女を前に、僕はただ黙って今と同じように空を眺めていた。

僕は結局何もしたくなかったんだなぁ。突然手に入れた自由に戸惑って、ぼんやりと時を過ごしていることに耐えられなくて、有意義なことをしなくちゃいけないと思うのに、何が『有意義』なのかすらわからない。

嫌になるくらいネット配信映画を見て、漫画レンタルをし、ぼんやりと流れるテレビの音に自分がかき消えてしまいそうになってからようやく外に出たとき、コンビニの主要商品が見覚えのないものに変わっていて、季節が僕をおいて通り過ぎて行こうとしていることに気づいた。

公園のベンチのできるだけ隅に腰掛け、缶コーヒーをすすっていると小さな子供の笑い声が響いてきた。女の子が「きゃー」とはしゃぎながら、手を広げてヨチヨチと歩いていく。彼女の視線の先には艶のある毛並みをした白いネコが姿勢を正して座っていた。

気品。なんだかそんな言葉が頭に浮かんだ。女の子が近づくとするりと美しい肢体をわずかに動かして彼女との距離を保つ。きちんと足を揃えて座ると彼女に向かって「さぁ、もう一度」というように尻尾をふっている。女の子の後ろからのんびり歩いてくる女性は「走るとあぶないよー」と笑いを含んだ声をかけながらもにこやかに落ち着きはらっている。

僕がとても小さかった頃はこうして母さんと歩いたのだろうか。ちっとも記憶に残っていないのに、なんだか勝手に懐かしさを覚える。今までそんなことは考えようともしなかったのに、不思議と記憶は自分の一番深いところに戻っていく。

僕の記憶の一番古い場所に居座る母さんは、父の実家の弁当屋を手伝って大きな鍋と格闘するように料理をしている姿だ。味噌汁、サバ味噌、唐揚げ、そんな誰もがふと食べたくなるメニュー。そして、金曜日だけのスペシャルカレー。好みで選べる3種類のスープ付き。

カレーを作っている姿は小さな僕から見たら魔法使いのようだった。良い意味で。黄色、赤、不思議な種……それらをパラパラと魔法をかけるように鍋に入れていく。それだけでカレーを作れるなんて、母さんにしかできなかった。魔法のような色とりどりが魅惑的すぎて、僕はいつの間にかカレーの作り方だけはすっかり覚えてしまった。

そして、そんなことを考えていると、美味しそうにカレーを食べるもう一人の女性の姿が浮かんでくる。少し前に別れた彼女、と言うより僕がふられた。

彼女は未来に対して明確な目的を持っていて、僕の入る隙間は1ミリもなかった。ごめんね、と言いながら僕を通り越してずっと先を見ていた彼女のまっすぐな笑顔。今まで感じたことのない焦燥感をその時覚えた。

彼女の笑顔を懐かしんでいたら、今度は僕のカレーを食べたまた別の懐かしい人物の顔が頭の中をよぎった。なんで今出てくるんだよ、と僕が勝手に思い出したくせに、頭の中の彼に文句を言う。彼の底抜けに明るい笑顔が少し懐かしい。

うわーん、という女の子の泣き声で朝の公園の中に引き戻される。女性があわてて駆け寄り抱き起こすと、女の子はピタリと泣くのをやめて、わがままで気まぐれな世界に文句を言いたげな顔をするが、次の瞬間には何かを指しながら嬉しそうな歓声をあげる。小さなあの子が見ている魔法のような世界をもう一度見てみたい。

さて、どうしようか。

缶コーヒーをコツンとベンチに置いて、持て余しつつある時間について考える。

彼女と別れてから、仕事以外では初めてまともに外に出た。目的を持たずに日々を過ごすことをやめたはずが、結局今も何も始められてはいない。仕事を辞めることで何かを見つけることができると思ったのか、それとも休憩が欲しかっただけなのか自分でもわからない。さすがにそろそろバイトでもいいから就職をしなければまずいだろうか。

そう思って、空を見上げていたら足にふんわりと柔らかいものが触れた。

「にゃー」

先ほどの白いネコが僕の足元にすらりと座っていた。「あなたちょっと邪魔よ」そういうように尻尾で僕の足を軽くはたく。

「あ、ごめん」

少し足をどかすと、するりと僕の足の間に入ってくるりと丸くなった。そして、良くできたと褒めるように僕の足に尻尾の先でふわりと触れた。

それは僕の心をなでるように落ち着かせてくれた。

じっと見つめる僕の視線に気づいたのか、ネコは面倒臭そうに目を開けながらゆっくりと体を起こして、ふにゃーっと頭の先から足先まで伸びたこれ以上ないくらい気持ちよさそうな伸びをした。優雅に数歩歩き、足を止めるとまたあの柔らかな尻尾で僕の足をなでてくれた。「あんたもやったら?」そう言われた気がした。

うんーん、と空に向かって背を伸ばし、さわさわと揺れる木々の音に耳を澄ましたら、僕は自由なんだなぁ、と解放感が足の先からゆっくりと這い上がってきた。

5月の透明な朝の公園に、僕はいてもダメなわけではないんだ。生きるも死ぬも僕の自由だ。もう少しだけ自由で不安定なこの時間に身を委ねてみようと思った。

「ありがとう」

僕がネコに声をかけるとパタリと尻尾を振った。5秒前までの僕と何も変わっていないのに、ほんの少しの温もりで気持ちが前向きになった。そんな僕のモラトリアムな決意に呼応するように数週間ぶりにスマホがメッセージを受信した。

スマホに表示された名前を見て再びネコをふりむく。メッセージは先ほど頭をよぎった小学校の同級生からだった。

「お前が呼んだわけじゃないよな?」

ネコはちょっとだけ僕にむかって頭を上げたけど、うるさいぞ、というように顔をしかめてすぐに丸くなった。

再びスマホに表示された名前を確認する。

中村《なかむら》太一《たいち》。

中村は家族以外で初めて僕のカレーを食べてくれた友達だ。その日の出来事は良くも悪くも未だに忘れられない。

# 第2話　スパイスの夜とカレーの中村

この季節の晴れた日の夜はまだ少し肌寒いけれど、からりとした夜空はこれから来る夏への期待を含んでいるようで、すれ違う人々が妙に楽しげに見える。

「松本、お前変わってないなぁ」

隣を歩く中村がしみじみと今日5回目くらいの感想をつぶやいた。

「お前は。……なんか大きくなったな」

「まぁな」

中村は機嫌よくそう言うと、「あ、ここだ」と狭い路地にある小さなお店を指差して中に入って行った。顔なじみらしいお店の人に「どうぞー」と愛想よく案内されていく中村を見て、あらためて「大きくなった」なと思った。

中村は小学校で2年間同じクラスだった。小学生だった中村と待ち合わせの時に現れた人物が合致しなくて、誰だこいつと思ってしまった。

小学校の時の中村はどちらかというと小柄でひょろりとしていたけど、現れたのは僕よりも背が高く、横幅もそこそこある男。よれたスーツ姿にリュックを背負ったそいつは「おー、元気かぁ」と妙になれなれしく声をかけてきた。「はぁ」と曖昧な感じでうなずきつつ、中村らしき人物を探そうと目を泳がせた僕に、人懐っこい笑みを浮かべて頭を掻く。

「だから、中村だって。〝カレーの中村〟だよ」

カレーの？

そう言われて鮮やかに記憶の中の少年と目の前の人物が結びついた。

「うわ、中村かぁ。久しぶりだな」

僕のタイムラグの大きすぎる返事に、中村は「だから最初っから言ってるじゃん」と朗らかに笑った。笑った声は昔と同じだった。

「カレーの中村」は、家族をのぞくと僕の作ったカレーを初めて食べてくれた人物だ。出会ったときのことはよく覚えている。

小学3年生の秋の初め、育てたジャガイモを使ったカレーパーティーが、家庭科の授業の一環として開かれることになった。クラス替えをして半年ほどが過ぎ、ほどよくクラスの人間関係も固定された頃だったので、当時の僕は中村と親密に話すことはほとんどなかった。ふざけあったりはするが、まぁ特別なつながりは何もないただのクラスメイト。

「じゃぁ、カレーパーティーでどんなカレーを作るかみんなで考え」

先生の説明が終わらないうちに中村が手をあげた。

「先生！　カレーはいろんな味混ぜたほうがおいしいんだよ」

「いろんな具を入れるってことね？」

「違うよ。みんなは家でそれぞれのカレーを作ってくるんだよ。それを俺がブレンドして、オリジナルのカレーを作ってあげるよ」

先生はほんの少し思案してからうなずいた。

「みんなのお家の味を一つにするのか。面白そうね」

「本当に旨くなるのかよー！　下手くそな奴いたらどうすんだよー！」

「俺に任せておけって。俺のこと『カレーの中村』って呼んでいいぜ」

「カレーの中村ー？」と笑いながらもみんな中村のアイディアをなんだか良さそうだと思った。女子にとっては、邪魔な僕たち男子に悩まされることなく材料を持ち寄って好きなカレーを家で作ることができる。男子は、自分で作らず親に作ってもらうことが大いに期待できる。先生も「じゃあ、お願いしようかな」と笑顔で合意した。

満足そうにうなずいた中村の本気を当日クラスのみんなは十分に理解した。

クラスの皆が保存容器や小さな鍋にカレーを入れて持参する中で、中村は大きな寸胴鍋を持って現れた。よく使い込まれた立派な鍋だった。新しいものではないのに僕の家や祖父母の弁当屋にあったどんな鍋よりもピカピカに磨かれていて、とても素晴らしい料理が生まれてくる予感がした。

その大きな鍋を家から一人で運んできたと真っ赤な顔をしながら中村は笑った。

みんなが口々に驚きを示す。

「それ中村くんのお家のお鍋なの？」

「うん。昔、じいちゃんがホテルでコックしてたんだ。その時にもらったんだって」

「すごーい！」

どちらかというと普段は、お調子者としての役割を担うことが多くて女子に叱られる立ち位置にいる中村を、今日は女子が笑顔で取り囲んでいる。にぎやかに囲まれながらも、いつもと違ってふざけたりすることなく中村は熱心に準備を進めていった。

「よし、じゃあみんな順番に並んで俺にカレーを渡してくれ」

命令されることが大嫌いな年頃だったはずなのに、みんな中村の魔法にかかったように素直に従った。僕たちが持ってきたカレーが凄いものに変身する瞬間に立ち会っていると確信していた。

「お！　これハーモンドだ」

「こっちはバウスの中辛だな」

「なんでわかるの⁉」

一人一人手渡したカレーを中村は驚くほど的確にチェックして鍋に入れていく。

「先生……、先生のやつ肉入ってなくない？」

「あら、ごめんね。わかっちゃった？」

しょうがないなぁ、と中村が先生の分を鍋に入れる。よかった、ちゃんとチキンカレーにしておいて、とホッとしながら中村に僕の分を手渡した。容器を開けた瞬間、中村の表情が固まった。多分、真正面にいた僕にしか見えなかったくらい、ほんの一瞬だけ。

「いいね。これは最後に入れるよ」

クラスメイトが「オォ」と軽くどよめく。「お前んちのカレー凄いじゃん」そう言って、何人かに肩を叩かれた。でも、僕はうまく笑えなかった。

あの時見えた中村の表情は、なんていうか「嫌なもの」を見た時の顔だった。中村に聞いてみようかと思った時、順番にカレーを受け取っていた中村の絶叫が響いた。

「お前、これシチューじゃん!!」

「だって俺、ビーフシチュー好きだから」

もやもやとした気持ちの正体を確かめるきっかけを失ったまま、クラスメイトの笑いの渦の中で僕はぼんやりと笑う振りをして過ごした。

その日のカレーの味は正直覚えていない。

「はい、じゃあ片付け終わったかな？　家から持ってきたお鍋や容れ物は忘れずに持って帰ってね」

「はーい」

各自持ってきた鍋や容器を片付ける中、僕は自分の容器を探していた。誰か間違えて持っていってしまったんだな。そう思って諦めかけた時、中村が僕を呼んだ。

「こっちこっち……」

「なんだよ?」

「いいから……」

声をひそめて僕を呼び寄せると、中村はそっと奥の調理台の棚を開けた。僕の容器が置かれていた。中身が入ったままの状態で。さっき食べたカレーに僕の分は入っていなかった。中村が僕の分だけわざと入れなかったのは明らかだった。もやもやとした気分はふっとび頭の中がわんわんと鳴りだした。何から考えたらいいのかわからなかった。

「入れ忘れちゃって……」

すまなそうにつぶやく中村に僕は何も返事をしなかった。というよりも、返事の仕方がわからなかった。泣きたいのか怒りたいのか笑いたいのか。自分でもわからない感情がぐるんぐるんと僕の中を駆けめぐっていた。

小さな頃から魔法を習う気分でカレーを作っていた。たとえ、さっき中村が少し変な顔をしていたとしても、それは単に中村の問題だと思っていた。だから、僕のカレーだけがポツンとこんなに冷たい場所でのけ者にされていたのは信じられなかった。

なんとか薄く笑って、僕はその場から逃げ出そうとしたんだと思う。中村の顔は見たくなかったし、「なんでだよ」と中村を問い詰められるほど頭の中はまとまっていなかった。

「待ってよ」

だから、中村がおずおずと僕を呼び止めた真意がすぐにはわからなかった。

「……何？」

うつむいたままそうこたえると、中村がほんの数ミリだけ僕の方に足を進め、言いづらそうにボソボソとつぶやいた。

「これ食べにお前んちに行ってもいい？」

「え？」

「だから、俺、このカレーをちゃんと食べてみたいんだよ」

ようやく顔を上げて中村を見た。

どんな罰を受けたって構わない、絶対負けないぞというような強い意志が感じられる、見たこともない真剣な表情だった。


すっかり大人になった中村はビールを美味しそうに飲み干すと瓶のラベルをチェックして写真を撮った。SNSにでもあげるのかと聞いてみたら、

「記録用。最近、クラフトビールにはまっててさ。あると絶対頼んで味見することにして

んだよ。これは、スパイス料理に合いそうな軽さがいいな」

「相変わらず食に貪欲なわけだ」

「おう。ちゃんと自分で確かめておかないと人に勧められないだろ。おかげで若干体形がやばい」

「確かに」

　中村が案内してくれた店は小さな構えのスパイス料理専門店だった。目立たない路地にあるのにお店の中はかなりの盛況で、食欲が進む刺激的な薫りが充満していた。つまみに頼んだサモサは塩気とスパイスのバランスが良くて箸が進む。カリッと揚がった表面をサクリと箸で割るとふんわりと湯気が立つ。クミンの香ばしい薫りがホクホクのジャガイモとしっかりとあわさっていて、ついついもう一口と食べ進んでしまう。

「でも、俺が一番忘れられない味はお前の家のカレーだからな」

「普通だろ？」

「普通じゃないだろ。ルーを使わずにスパイスだけで作ったカレーなんて、俺はあの時初めて出合ったんだから。驚愕したんだよ」

「おかげで僕のカレーは、みんなに食べてもらうことはできなかったわけだ」

「それは謝る」

　ちっともすまないとは思っていない様子で、中村は美味しそうにサモサを頬張った。その幸せそうな表情を見ていると、まあいいかと思えてくる。

　実際に、あの日もそうだった。僕の家で温め直したカレーを頬張った中村の表情は僕も忘れられない。学校では「嫌なもの」を見た顔をしたように思えた中村はみるみる相好を崩した。

　僕には妹や弟がいないから経験がなかったけれど、きっと小さな子は新しいものに出合った時に、こうやって身体中で驚きや感動を表現して自分の中に取り込んでいくのだろうなと思えた。初めは緊張し、全身で拒否を示すことがあるかもしれないけど、好奇心に負けて恐る恐る近づいて、最後には自分の知識や経験としてしっかりと吸収する。

　中村もそんな感じだった。

「苦いのにうまい」「サラサラなのにうまい」「鶏《とり》しか入っていないのにうまい」一口食べるごとに感想を言い続ける。

「いや、鶏以外も色々入れたんだけど……」

「マジで⁇」

　母さんと一緒に作った時のレシピを見せる。

「ヨーグルト、トマトピューレ、玉ねぎ、ニンニク、しょうが……すげぇいっぱい入ってるじゃん‼　あと……なんだこれ……コリア……んだ？」

「コリアンダー、ターメリック、クミン、レッドペッパーとかはベースに入れたスパイス」

「何語？」

「日本語？」

「お前、すごいな」

「いや、別にすごくはないけど」

言葉を切って少し考える。今までなんとなく誰にも言わなかったことを口にする。

「うちのお母さんはカレー屋さんをやりたかったんだって。だから魔法使いみたいにカレー作れるんだよ」

「俺のじいちゃんと一緒じゃん！」

「魔法が？　カレーが？」

「どっちも！　俺のじいちゃんも魔法みたいになんでも作れるんだ。でもじいちゃんが働いていたホテルではカレーやってなかったんだって。だからスパイスでは作れないけどいろんな店に行って、いろんなルーを試して歩いてんだよ」

お前のお母さんも一緒なんだー、それじゃ俺がまだまだ敵わないわけだよなぁ、と中村は安心したように笑った。そして、大事なことに気づいたように、あ、とつぶやくと目を大きくして僕を見た。

「じゃあ、お前も将来はコックになるの？　カレーの？　だったら俺と同じだな！」

考えたこともなかった。カレーは好きだ。だけど、僕は母さんみたいにはなれないと思っていた。父さんがシンガポールに転勤になった時、母さんはお店でまだまだ働きたいから一緒に行けないと少し泣きそうな顔で父さんに言った（爺ちゃん婆ちゃんは泣いて喜んだ）。知らない場所に行きたくなかったから僕も母さんの決断にはホッとしたけど。それから、お店で働きたいという宣言通り、母さんは新しい弁当のメニューを考えて、お客さんとたくさん話して、もっと美味しくするにはどうしたらいいのか工夫して、とにかくいろんなことをいつも楽しそうにやっていた。母さんのいないお店は想像できないし、僕が同じことをできるとはとても思えなかった。

「たぶん、ならないと思う」

そうこたえると、中村は寂しそうな顔で少しだけうつむいた。でも、次に顔を上げた時には、満面の笑みで、

「なぁ、おかわりない？」と空になった皿をつきだした。

「お前、あの日うちの冷蔵庫に残っていたやつもほとんど食べてったもんな」

「いやー、怖いね小学生。遠慮を知らない」

こうして話していると忘れていた記憶がするすると、どこからともなく引き寄せられてくる。どこに隠れていたのかもわからない小さな記憶の断片たち。尽きない話の合間をぬ

って、運ばれてきたアチャールに箸をのばす。アチャールというのはインドのお漬物で、野菜や果物を中心に、様々な食材をお酢とスパイスにつけて味付けしている。中村に教えてもらったばかりの知識だけど。

鮮やかなバナナリーフの上に盛り付けられた旬の野菜のアチャールは、この店の人気メニューのようだ。ほとんどのテーブルに運ばれている。爽やかな日向夏《ひゅうがなつ》を使ったアチャールは瑞々しい色がまずは目を引く。

食べてみると甘酸っぱい中にフェネグリークのような澄んだ薫りが包まれていて、口の中がさっぱりとした。ウドと根菜のアチャールは、カルダモンとマスタードシードの薫りがウドの風味に乗って鼻に抜けていく。口の中で噛むと、ウドの野趣あふれる薫りがしっかりと脳にも届く気分になる。

埋もれていた記憶が鮮やかに蘇ってくるのは、この料理のおかげもあるかもしれない。

箸のとまらない僕をじっと見ながら中村が口を開く。

「なあ、お前はこういう料理に入っているスパイス全部わかるわけ？」

「いやいや、それは無理だよ。カルダモンが効いているなぁ、とかテンパリングしたカレーシードの薫りがよく立っているなぁ、とかはわかるけど」

「俺と似たようなもんか」

「すっかりスパイスにはまったわけだ」

「おう！　お前のおかげでな。今じゃスパイスの輸入とか日本向けの商品を開発してる」

中村が名刺を取り出して渡してくれた。誰でも知っている大手の食品会社だった。少し前に買ったこの会社が開発したカレーのスパイスセットがなかなか美味しかった。尋ねてみると、やっぱり中村が開発に携わったらしい。

「大変だったんだぞ。現地に行ってスパイス食べまくっていろんな家で調合してもらって見つけた究極のレシピだからな。そんなのやるの俺くらいだと思ってたけど、他にも面白いおっさんがいたんだよ。そのうち紹介してやる」

そう言って笑った中村は、小学生の時に目を丸くしてスパイスカレーに飛びついていた好奇心の塊を、今でもしっかりと抱えているようだった。

「コックじゃないけどカレー屋になるっていう夢は叶えたようなもんじゃないか」

僕の言葉に中村がちょっと意外そうに目を丸くする。

「よく覚えてたな」

「まぁね」

隣のテーブルに野菜のかき揚げのようなものが運ばれていく。カリッと揚がった玉ねぎの上に鮮やかなパクチー。香ばしい薫りが僕のところまで漂った。あれも頼んでみたいな、と僕が気をとられていると中村がビールグラスを傾けながら僕に尋ねた。

「で？　お前は何してんの、いま」

「うーん」

曖昧な笑いを浮かべながら、僕は辞めたばかりの会社の名前を口にする。

「へぇ。意外だな、バリバリ働いてんだ」

「ま、辞めたんだけどね」

中村がちょっとだけ心配そうに僕を見る。

「転職か？」

「うーん。いろいろ考え中」

中村は手に持っていたグラスの中のビールをくるくると回しながら、少し考えるような顔をした。変に気を遣わせたかもしれない。

「いや、でも結構、前向きなモラトリアム中だから。何するかはもう少しだけ考えてみたいんだ」

慌てて説明を加えたけれど、逆に言い訳みたいに聞こえて痛々しかっただろうか。中村はまだ何も言わない。

「なんか追加頼もうか？」

話題を変えたくてメニューを開く。ビールも見たことのない銘柄が多く、新しいものを試してみたくなる。少し残っているグラスを手にとって、「お前も新しいビール頼むだろ？」と中村に聞くと、中村は「あー」と気の抜けたような返事をしながら手に持っていたビールを一気に飲み干して、僕の方に向き直った。

「お前、俺と一緒に店をやってみない？」

ちょうどビールを口に含んだところだった僕はブハァっと吹き出した。せっかくのサモサにビール味が加わってしまった。

「アァ、もったいない。ごめん。中村、こっち側食べていいよ」

中村はサモサに見向きもせずに続ける。

「俺ずっと、じいちゃんみたいに料理の仕事をやるのが夢なんだけどさ、どうしてもお前の家で食べたカレーが俺の中のベースになってるんだよ。だから、お前とカレー屋やりたいんだけど、どう？」

「いや……。どうって……」

小学生だったあの日、うちでカレーを食べさせてくれと訴えてきたときと同じ表情を中村はしていた。確かに僕もスパイス料理は好きだし、小さい頃に母さんに教えてもらった程度のカレーは自分で作ることもできる。だからと言って……。

「バイトとかでいい？」

「お前が一緒に作ってくれるなら」

「いやいや……いきなり人に出すのとかってさすがにハードル高すぎるだろ？　店のランニングコストとかだってとんでもないだろうし」

中村がにんまりと笑った。

「いやいや、俺だって最初からいきなり自分の店を持とうとは考えてないよ」

「そうなの？　誰かの店の手伝いとか？」

それなら少しハードルがさがりそうだ。

「これだよこれ」

そう言って中村がガサゴソと鞄の中からチラシを取り出した。

「なんだよこれ。間借りカレー？」

写真映えのする色鮮やかなアチャールが添えられたカレーとお店の情報が載っている。

「そ。俺の友達がやっている店で定期的に間借りイベントを開催してるんだよ。このチラシに載っているチームが今月で解散するらしくてさ。とりあえず、試しに1回だけトライしてみるのはどうだい？　あ、心配するな。食品衛生責任者の資格は俺が持ってるから」

店の熱気を逃がすために店員さんが窓を開けた。涼やかな夜風がするりと窓から流れ込み、僕の火照《ほて》った頬をなでた。なぜだか公園で出会った白いネコを思い出した。白いしっぽを振ってにゃーと鳴いていた。

「試すだけなら」

よっしゃぁー、と両手を上げてガッツポーズをした中村の底抜けに明るい笑顔は、この前の公園で浴びた朝の光のように爽やかだった。

# 第3話　6月、間借りカレーと山桜

そこは昼間は営業していないバーの店舗で、駅から歩いて10分ほどの場所だった。来る途中に鮮やかな桃色の花を咲かせた樹が一本だけあり、はらはらと散った桃色の花びらがゆるい風にのって舞っていた。山桜の一種なのだろうか。

よく見ると周囲の緑葉を茂らせた樹々と同じ種類のようだ。この樹だけが花盛りの季節に乗り遅れてしまったのだろう。この道なら十分に幅もあるし、4月にはたくさんの人たちがいっせいに咲いた山桜を楽しんでそぞろ歩いていたのかもしれない。今はみんな足早に通り過ぎるだけで僕以外にはこの花が見えていないかのようだった。はらはらと散っていく花も大急ぎで他のみんなに追いつこうとしているように見えた。

「おー！　きたか。まぁ、くつろいでくれよ」

恐る恐る店の扉を開けると、からん、と軽やかなベルが鳴り、調理場から中村がひょっこり顔を出した。

「くつろぐったって、仕込みの仕上げは僕がやるんでしょ」

「わかってらっしゃる」

店内は想像していたよりも明るい。四人掛けの木製の丸テーブルが三つと、レジの隣のバーカウンターに三席。テーブルの上に置かれたキャンドルライトは夜になったら灯されるのだろう。装飾のあまりない店内だからこそ、その柔らかな光が映えそうだなと思った。バーと聞いて勝手に想像していた尖った雰囲気は少しもなくて、ホッとする。

「なぁ、どうだこれ？　なかなか良い感じに看板描けたと思うんだけど」

中村が抱えるボードには、ヘタウマと言うべきか悩ましい絶妙な字体で今日のおすすめメニューと説明が書かれていた。と言っても、用意したメニューはその一つしかないんだけど。

続いて調理場に入る。初めて見た本格的なプロ仕様のキッチンに少し驚く。

「へぇ。こんなにたくさんコンロあるんだ。皿とかも使っていいの？　すごいね」

「16時までに片付ければ好きに使っていいってさ。バーでこんなちゃんとした調理場持ってんの珍しいじゃん？」

「へぇ。ところで、来る途中に桜の花見た？」

「あったっけ？　俺、荷物運ぶのに必死で全然気づかなかったけど。なんで？」

「いや、別に大した話じゃない。よし、仕上げ始めようか」

「おう！」

ほとんどの仕込みは家で終えてきているとはいえ、慣れないキッチンでの作業は思ったより時間がかかった。何せ50食分。母さんが作っているのを見ていたからイメージはできていたつもりだけど、実際に手を動かしてみると想像以上の大変さだった。

前日から、下味をつけた肉で僕の部屋の小さな冷蔵庫は満杯になり、仕方ないから昼も夕食もコンビニ生活。今朝からは、ひたすら野菜を切り続けている。いったい幾つ切ったのか。途中で数えるのはやめた。

そして、今。

僕の部屋のショボいコンロとは雲泥の差の、プロ仕様のコンロが僕の目の前に立ちはだかる。火加減の調整が全然思い通りにいかない。ここでカレーを焦がしたら全てが水の泡だということがわかっているから、必死に火の様子を見守る。見守りすぎて、前髪はちょっと焦げた。それでも、ようやく加減がわかってきて煮込み始めたカレーからはクックッと心地よい音が立ち始めていた。なんとか形になりそうだ、と思った途端、足がしびれていることに気づく。ずっと屈《かが》んだ姿勢でいたせいだ。足を揉みほぐしながら、「いつも通りだ」と自分に言い聞かせる。言い聞かせる側《そば》から、自分の中で別の声が聞こえ出す。

「いつも通りってなんだよ。こんなにたくさん作ったことないくせに」

おっしゃる通り。何をしていても落ち着かない。緊張感が体から離れなくて、最後は「まぁ、中村も一緒だし」と我ながら人任せの境地に落ち着いた。

その中村も緊張しているんだろう。落ち着きなくキッチンと客席の間を歩き回り、僕が作業している間も、何度も開店後のオペレーションの注意を繰り返す。

「基本的にお前は調理に専念していいから。会計は俺がやるし、接客も俺がやる。ただ、俺の手が空いていない時にあんまりお客さん待たせるのもアレだから、そん時は注文取りとか頼むな」

「注文って言ってもカレーだけだよ」

「いや、ほら大盛りとかご飯少なめとか色々きっとあるだろ」

「あぁ。水くださいとかね」

「そうそう」

仕上げたカレーからだんだんと薫りが立ってくる。

「もういいんじゃないか？　カレー」

そう言いながら中村がお腹をなでる。もう少しで11時。11時半オープン予定だからそろそろだ。

「試食する？」

「当たり前だろ!!」

中村が機敏な動きで皿を差し出す。いつの間に用意してたんだよ。

カレーは2種類用意した。作り慣れているチキンカレー。それとココナッツ風味のアサリのカレー。ちゃんとアサリの薫りが立つかが心配だったけれど、ココナッツのふんわりと甘い薫りの中にもきちんと存在感がある。

カレーに添えるアチャールを2種類。

中村から「写真映えを意識しろ」と指示があったので、人参とインゲン豆を使ったもの。レモン果汁を加えて甘く煮た人参。インゲンはたんに胡麻《ごま》和え。

試食用として盛り付けたものを見て中村が満足げにうなずく。

「うん。まあ、最初にしちゃ上出来じゃないか？　若干、盛り付けが地味なのが気になるけどまあいいよ」

店内の席に腰掛けて二人で食べる。ふと、小学校の時の家庭科室で二人で向き合ってカレーを食べているような気分になった。あの日の僕らと大きく違うのは、作りたてのカレーをちゃんと笑顔で食べていることだ。

「オォォ！　これこれ、これだよこのチキンカレーだな。うん、うん、うん」

「大丈夫かな？」

「大丈夫だろ」

盛り付けに関してはあれこれ注文をつけた割に、味に関しては特に文句を言うことなく中村がモリモリと食べてくれる。

「おかわりある？」

「……店開ける前に全部食べる気かよ？」

お客さんに食べてもらう、というのは一体どのレベルを目指せばいいのか正直よくわからない。祖父母の店で母さんはどんな風にしていただろうか。あんなに毎日見ていたのに、いざとなると思い出せない。ただ、とにかくお客さんが笑顔で弁当を受け取ってくれているのが、端で見ていてもとても誇らしかったのを覚えている。

目の前で中村が浮かべている笑みは記憶にあるものと近い。とりあえず中村は美味しそうに食べてくれたから良しとするか。そんなゆるい満足感に浸りながら窓から見える薄曇りの空に目をやると、うっすらとした日差しが雲を縫うようにさしている。

静かだな。ここに来る途中に見た遅咲きの桜を思い出す。誰にも見られないで咲き誇っていたけれど、それは寂しくないのだろうか。あの桜があった場所と同じく、この店も商店街から外れた場所にあるため人通りが少ない。時折、駅に向かうと思われる人が足早に通り過ぎるだけだ。

静かだ……。

なんとなく不安だったことを口にする。

「なあ、本当に誰か来てくれるのか？」

「大丈夫だって！　みんな来るってコメントくれてたじゃん」

「コメント？　どこに？」

中村が呆れたように眉を寄せた。

「お前、SNS見てないの？　俺、投稿したじゃん」

「SNS、あぁ……」

そういえば、中村と飲みに行ったあの時に宣伝は俺に任せろとSNSのアカウントを聞かれた。

「全然見てなかった」

「なんだよ。じゃあ、シェアもしてなかったのかよ。最近はパーソナルビジネスにはSNSは必須なんだよ」

中村が得意気な笑みを浮かべる。会社を辞めてからはSNSをちっとも見なくなっていた。情報を必要としていなかった、というよりも誰かの活動をつい羨《うらや》んでしまうことを避けたかったたし、何よりもせっかく手に入れた時間を、画面の上をするすると流れていく情報に割いてしまわないようにしていた。

「まぁ、任せるよ」

そう言うと、満足げに笑って中村はうなずいた。

「まあ、任せろ。あ、俺おかわりね」

「だからぁ……、お前がそんなに食べてどうするんだよ」

呆れて顔をしかめてみせると、中村が、ふふんと、お前わかってないなぁと鼻で笑って見せた。

「自分の店の商品を愛するには、まずは徹底的によく知ることが重要だろ？」

「そんなもん？」

「そんなもんだって。まぁ、ほらお前も食べとけって。今日は忙しくなるぞ」

結局、こうして中村にだいぶ流されているなぁ、とは思ったけれど、悪い気分はしなかった。別に運命とかではないけれど、あの日、久しぶりに中村のことを思い出したら本人から連絡が来て、そのまま流れに乗ってここにいる。今はむやみに頭で考えないでこの流れに流されてみようと思っていた。


厨房の暑さが半端ない。

ファンが機能しているのか確認したら今にも壊れそうに震えながら一生懸命回っていた。これ以上は限界なのだろう。頼むからまだ死なないでくれ、そう心の底から祈りながら、僕も負けじとフル回転で盛り付けをして次々と中村に渡していく。

大盛況だった。

11時30分のオープン前には店の前に人が並び始めて驚いた。ほとんどが中村の告知を見た人たちで、友人や知り合いのようだった。楽しげに中村に話しかけている。中村も愛想よく挨拶をしながらも休みなく配膳と会計をこなして、だいぶ息が上がってきている。

「中村、飲むか？」

皿を下げに来た中村に水を差し出す。

「サンキュ。いや、すごい人気だな！　あと残りどれくらいだ？」

「3皿分くらいかな」

「よし、ちょうど待ちのカップルがいるからラストかもな」

グビグビと水を飲み干すと、中村が見かけを裏切る敏捷《びんしょう》さを発揮してテーブルセッティングと席の案内に向かった。僕は終わりが見えたおかげでホッとした。空いたお皿を回収して洗ってしまおうと、大きくひと伸びして、お客さんが来てから初めて厨房から出た。

店内は心地よい賑わいが広がっていた。

ある程度知り合い同士が多いせいか、普通のレストランよりもくだけた雰囲気だった。みんな楽しそうに食べてくれている。

その賑わいを感じた瞬間、自分でも知らない僕の中の奥底からキュッと何かがせり上がってきた。何かをせずにはいられない。体が動く。せわしなさが心地よい。ワケもなく泣きたいような気すらした。

さすがにこんなところでいきなり泣くわけにはいかない、と深呼吸。空いた食器を片付けるんだと自分に言い聞かせたら、ようやく緊張が解けて周囲の声が耳に戻ってきた。

何だろうこの気持ち。

遠い昔の夏休み直前、終業式の帰り道に青い空に駆け上がる入道雲を見たときの気分に似ていた。じっとしていることなんてできないという、ずっと忘れていた衝動だった。

ちらほらとこの行列を見て飛び入りしてくれた人もいるようで、中村が接客しているカップルも知り合いではなさそうだった。二人とも物珍しそうに店内を見回しながら、お店やメニューについて興味津々といった感じで中村に尋ねている。カレーの説明をしていた中村が一瞬だけこっちを見る。

「悪い！　ドアの札をクローズにしてくれるか？」

軽くうなずいてドアに向かうと、飛び込むように小柄な女の人が入ってきた。僕と正面から向き合う形になり、あわてて彼女がすまなさそうに頭を下げる。ちょうどその時、雲間から薄日が射し、その人の立つ場所をあたたかな日差しが覆うようにそっと包み込む。彼女のまっすぐな長い髪に小さな桃色の花弁がついていた。見覚えのあるその花を見て、つい声をかけてしまった。

「あ、花が」

「え？」

彼女は髪に手をやると「あぁ、これ」といって微笑んだ。

「ここに来る途中で一本だけ遅咲きの山桜があったんです。眺めてたら遅くなっちゃって」

髪についていた花弁を、彼女はそっと手のひらにのせた。彼女の手の中で、季節外れの花びらはまるで幸運のお守りのように特別なものに見えた。

「あの、もう終わりですか？」

その女の人は眉を寄せて心配そうな顔をする。

「いや、ごめんなさい。えっと。あ！　だ、大丈夫です。あの、カレーですよね？」

挙動不審な僕をあやしむことなく、安堵したように微笑んで頷いてくれる。

「こちらへどうぞー」

中村のよく通る朗らかな声が僕の後ろから聞こえ、彼女は僕に会釈をして中村の案内する席に向かっていった。その花、僕も眺めてました。そう言いたかったのにうまく言葉が出てこなかった。

僕の横を通り過ぎるとき、彼女からはかすかに甘い薫りがした。

バラの花のような、でももう少し柔らかい青さのある薫り。そうだ、夏だ。まっすぐに伸びる夏の草花の気配だった。


3回目の間借りカレー店に挑んだのは、梅雨空の気配が感じられる6月の土曜日だった。その2週間前に開催した2回目はタイ風のフィッシュカレーを作り、レモンライスと合わせた。お客さんには概《おおむ》ね好評だったけれど、あまった料理を食べてからとりかかった収支計算後に中村が渋い顔をした。

「やっぱり魚になると必要経費が上がるな」

「適当にスーパーで買ってきたやつだから高いのかな？　普通どれくらいなの？」

中村がＰＣから顔を上げて僕を見る。それからもう一度ＰＣに顔を戻してから、知らん、と一言。

「えーっと……なんかそういうのって大事そうだけど」

中村は、うーん、とうなるような悩ましげな声を出して頭を左右にふる。少し考えるように目をつむってから、「ま、そのうち慣れるだろ。気にすんな」と自分自身にも言い聞かせるようにうなずいた。「とりあえずあまったやつは俺が食べるから容器に入れてくれよな」

「わかった」

そんなものかと思いながら、やっぱり全然気にしないのはまずいだろうと、今回の材料購入の際はスーパーの「お買い得」コーナーについつい目がいってしまった。旬のズッキーニやトマトを活かした野菜カレーにしようと決めていたが、副菜のアチャールは何にするかまだ決めていなかった。

名残のアスパラガスに「お買い得!!」と赤いシールが貼られていた。目を引いたが、隣の棚の青さがみずみずしいゴーヤを手に取った。中村がまた渋い顔をするかとは思ったが仕方ない。人に出すことを考えたら、少しでも美味しそうなものを使いたい。

仕込み終えた食材を店に運ぶ途中、初めてここに来た日に1本だけ花をつけていた樹のある並木道に出た。すっかり青い葉をつけた木々が、ゆるい風にさわさわと葉を揺らされながら行儀よく並んでいた。

僕にはあの時の木がどれなのかもうわからなかった。遅れたことなんてなかったように皆と足並みをそろえて風に揺れているのだろう。これ以上の遅れを恐れるように散り急いで見えた、あの日の山桜の姿を思い出す。

ほんの少し手に持った荷物が重く感じられ、しっかりと持ち手を握り直した。


「よーし、今日も張り切っていこう」

中村はそう言って、11時半になるとドアに掛けた札を「Ｏｐｅｎ」にひっくり返した。

店の前にはまだ誰も来ていなかった。

「なんだよ。2回目の時だって数人は並んでくれたのにな。みんな告知見てないのかよ」

あんなに「いいね」押してくれたのになぁーとつぶやく。

「今まで来てくれんの、ほとんど中村の知り合い？」

「まあ、大体はそうだな。でもちらほら全然知らない客もいたな。お前の友達じゃないだろ？　なんかうるさい感じだったんだよな。批評家きどりっぽいやつ」

中村が「思い出すと口の中がまずくなる」と言って顔をしかめる。そんなに激しくまずそうな友人は記憶にない。

「違うと思う。というか、気づいた限りは知っている顔はいなかったかなぁ」

中村がしげしげと僕の顔を見る。

「何？」

中村が眉を八の字にして、しみじみと同情するように言う。

「お前、小学校の時は結構もてたのになぁ」

「……なんで過去形なんだよ？」

中村は僕の問いかけは無視してどさりと椅子に座り込んだ。僕も同じく向かいの席に腰掛ける。中村はときおり椅子の上でもぞもぞと体勢を変えながら、エプロンのポケットに入れた両手をパタパタと動かしている。

誰かが道を歩いてくる気配がドアの向こうから伝わって来たときだけ、じっと耳を傾けるように動きをとめる。僕はカウンターに置いてあった雑誌を手にとってめくってみたけれど、フロアに飾られた時計の音が妙に大きく聞こえて集中できない。横目で入り口のドアを見ようとしたら、同じように目だけ入り口に向けようとしていた中村と目があう。お互い苦笑して、動く気配が微塵も感じられない入り口を二人そろって眺める。

前を通りすぎる親子連れの楽しそうな声が窓ガラスの向こうからうっすらと聞こえる。

ガラス1枚隔てた外が別世界のように思えた。温めたカレーの薫りがキッチンから漂ってくる。中村からグゥゥーッという盛大な音がした。

「とりあえずカレー、食おうか？」

中村がペロリと舌を出してうなずいた。

ジャーを開けるとサフランライスの薫りが厨房に立ち上る。業務用の炊飯器の取り扱いもだいぶ慣れてきた。ご飯の状態は今日が最高だ。艶やかに輝く黄金色のご飯粒がしっとりと炊きあがっている。二、三度ご飯をかき回すとふわりと湯気がのぼる。サフランとは別にどこか懐かしい薫りがする。小さな頃にお腹を空かせて帰った時にそっと夕食の前に食べた最高に美味しいご飯を思い出す。匂いは記憶と強く結び付くというから、懐かしい思い出にはやっぱり食の記憶が組み込まれているんだろう。

いつもよりも丁寧に、ご飯にカレーを回しかける。季節先取り夏野菜カレー。添えたゴーヤとパプリカの色鮮やかさが、少し、かなしい。

中村と僕の分、特盛りにして席に運んで行った。中村はまだ椅子に腰掛けてドアの方をぼんやりと見ていた。少しネコ背で椅子の上で丸くなっている中村はいつもよりも小さく見えた。次にサフランライスを食べる時はほんの少し寂しくなるかもしれない。

皿をほとんど空にして水を飲み干してからやっと中村が顔を上げて僕にうったえる。

「こーんなにうまいのになんで今日は誰もこないんだろうなぁ」

うほぉーと変な声を上げて体を伸ばし、「暇だなぁ」とつぶやきながら大きなあくびをした。そして、もう一度ネコのように大きく体を伸ばしてから「ま、今日のカレーは全部俺の夜食になるから安心しろよ」とニヤッと笑う。

「全部はずるいよ。半分は僕のだろ」

中村がいつもの調子を取り戻してきたのを見て少しほっとする。まだほのかにサフランの薫りが漂っている。心地よい満腹感の中でこの薫りを味わおうと、僕はゆっくりと目を閉じた。焦っても焦らなくても時間はどうせ同じように過ぎていくんだから、それなら自己満足であっても満たされた気分のままでいようと思った。中村が鼻歌を歌い始める。

「下手くそ」

「今のカレーを歌にしただけだぞ。歌がまずいならカレーがまずいんだ」

失礼なことを言いながら中村は楽しげに鼻歌を歌い続けた。次にサフランの薫りに出合う時は、きっとこの中村の下手くそな歌も一緒に思い出してしまうだろうなと思ったけれど、さっきの寂しそうな中村よりはずっといい。ゆっくりと深呼吸して今の時間を味わうことにした。

もしかしたら今日が最後かもな。

誰もいないカウンターを眺めながらふとそう思った。たとえそうだとしても、あの賑わいを味わわせてくれたこの経験は無駄じゃないなと思えた。

やってきたことは無駄じゃない。

そう思えたのはどれくらいぶりだろう。

僕たちが用意したものに笑顔をくれた人がいる。誰かの人生をずっと彩るような思い出にはなれないだろうけれど、僕の心の奥を揺さぶったあの時間は確かにあった。誰かの上をほんの一瞬通り過ぎていっただけでも構わない。僕にとっては一生ものだ。

少し早いけど片付けを始めようかと、15時くらいからテーブルを二人で磨き始めた。中村は時折、名残惜しそうに一度も動いていない入り口の扉に視線をやる。実は2回目の時からうっすらと感じてはいたけど、言葉にしないでいたことがある。

「あのさ、この前来てくれた中村の友達も忙しいだろ？」

「当たり前じゃん」

何を言っているんだというように中村が眉を寄せる。

「だからじゃない？　3回目になるとなかなか連続で予定を確保しづらいだろうし」

中村はキョトンとして僕を見る。僕が考えをまとめるために手近の椅子に腰掛けると、中村も目の前の椅子に座ってじっと僕を見る。

1回目も2回目も中村の知り合いがたくさん来てくれた。その人だかりにつられたと思われるお客さんもちらほらといたが、あくまで偶然来てくれただけだ。みんな楽しげに食べていってはくれたけれど、僕たちの店をフォローしようとまでは思っていないだろう。だから3回目ともなると、メインの客層である中村の友人たちにとっては新鮮味が薄れ、今回は行かなくても良いかな、と思うのではないだろうか。

そんなことを中村に話すと、慌ててスマホをとりだし、

「じゃあ、みんな来てくれって呼びかけてみるわ！」と意気込む。

「いや、別にそれでもいいんだけど……。集客ってそれでいいのかな？」

「何が悪いんだよ？　まずは口コミからじゃん？」

「口コミってそういうもんなのか？」

「違うのかよ？」

僕と中村がやりあっている間に、かすかにドアの方で何かが動いたような気がした。

「……あの。もう終わりですか？」

中村がじっと僕を見る。僕もじっと中村を見る。それから二人そろって入り口に勢いよく顔を向けた。ほんの少しだけ扉を開けて、傘をさしたままの女の人が気まずそうに顔を覗かせている。

「ごめんなさい……、終わりだったら結構です」

そう言って、ほとんど扉を閉めかけている。初回にも来てくれた髪に花びらをつけてい

た彼女だった。

「いやいやいや!!　まだ大丈夫!!　ちょっとお客さん落ち着いちゃっただけで、どうぞどうぞ」

中村が慌てて、さっきまで自分が座っていた椅子をひいて座るようにうながす。彼女は小さくうなずくと恐る恐るといった感じで店の中に入ってきて、居心地悪そうに僕の前に腰掛けた。僕と向き合う形になる。目があって小さく会釈をした彼女に僕も会釈し返すと、パシーンと中村が僕の頭を勢いよく叩いた。

「ほら、シェフ、今日も疲れたかもしれないけど早く働け」

そうだった。

疲れたも何も今日初のお客さんだよ、と心の中でつぶやきながら慌てて準備に向かう。

カレーを目の前に置くと彼女の顔が柔らかにほころんだ。

「いただきます」

そう僕に微笑むとゆっくりとスプーンを手にとった。まずはカレーだけをひとすくい。うっすらと柔らかい日差しに透けるように湯気がふわりとおどる。

目を閉じて薫りもすべて味わうようにゆっくりと食べてくれる。そして、今度はサフランライスとカレーを合わせてもう一口……というところで目があってしまった。

「あの。何か？」

「いやいやいや、ごめんなさい。どうぞ」

「いやいやいや、ごめんなさい。どうぞ」

中村とハモる。お前、見過ぎだぞという目で中村が顔をしかめたけれど、僕も全く同じ表情をし返してやった。

とうとう彼女が笑い出した。

「おふたりは仲が良さそうですね。お友達同士でやってるんですか？」

「俺ら小学校の同級生なんだよ」

「小学校から。なんでも知ってる関係ですね」

「まーね。こいつの作ったスパイスカレーを小学校の時に食べたのが、俺がカレーに目覚めたきっかけだし」

「小学校の時からスパイスカレーを作るってすごい」

彼女が目をまんまるにして僕を見る。中村がニコニコとしながら、ほらお前もなんかサービストークしろよ、と目で圧力をかけてくる。無理だって！　っと心の中で頭をかきむしる。

「カ、カレーお好きなんですか？」

あせった僕の口から飛び出た言葉に彼女がキョトンとして動きを止める。あぁぁ、まずい。ちょっと説明を端折《はしょ》りすぎた。

「いや、えっと、初回の日も来てくれてたから。あの、最後に来てくれた方、ですよね？」

あぁ、と彼女が納得したように微笑む。

「もちろん大好きです！　カレーに限らずスパイス料理全般に目がないんですよ」

「オォ！　じゃあ、カレー好きのお姉さんも俺らのカレー気に入ってくれたってこと？」

中村がぐっと彼女の方に身を乗り出す。

彼女がにっこりと微笑む。

「趣味でここまで作れるってすごいと思いますよ」

すーっと日差しが遠のいて薄暗くなったような気がした。

「趣味？　……うん。どうぞごゆっくり」

と、中村は妙に丁寧に彼女に言ってレジの方に歩いて行った。彼女はとまどったように首をかすかにかしげたが、無理矢理な笑みを浮かべる僕に微笑むと、もう一度カレーに向き直ってゆっくりと食べだした。

僕も彼女に会釈すると残りのテーブルを拭き始めた。僕が今ここでしなければならないのは全てのテーブルをピカピカに磨き上げることだけだ、というふりをしながら時折中村の様子をのぞき見る。

中村は、ずっと自分の中の何かを探しているような顔で目をつむっていた。彼女が水を飲んで席を立つまで中村は口を開かなかった。

彼女がそっと椅子を引いて立ち上がり、僕たちに軽く会釈をした。

「あの、ごちそうさまでした」

「ありがとうございました」

僕がそう言うと中村もようやく立ち上がり、

「どうぞ、お会計はこちらです」といつも通りの朗らかさでレジを操作する。新鮮な空気が戻ってきたように感じてホッとした。中村は普段通りに、旧式のレジにカレーの金額を打ち込んで、表示された金額を彼女に示し、彼女に向かって人懐っこい笑みを浮かべると、

「やっぱり趣味じゃないな」とつぶやいた。

「また来てね」と言うような軽さを持った声音だったから、意味をうまくつかめずに、お会計をしようとお財布を手にしていた彼女が不思議そうな顔で動きをとめる。

「あ、ごめん」

そう言って、中村は眉をほぐすように右手を握っておでこに添えると、「さっき言われたことをずっと考えてたんだよなぁ」と言って、うーんと首をかしげてからもう一度彼女に向き直った。彼女は、「あ、」とさっきの会話を思い出したのか小さくうなずく。お財布を持つ手にキュッと力が入り、守るように反対の手が添えられた。大丈夫だろうか？　彼

女の座っていた席を片付けようとしていた僕も手を止める。

「俺はやっぱり趣味としてやってるわけじゃないなって思ったんだよ。本気で取り組む気満々なんだよ」

中村が言葉を切って彼女の方を見る。彼女も中村の視線を受け止めてうなずく。中村もうなずき返すと、

「お姉さん、なんで俺らのこと趣味だって思ったわけ？」

「なんでって言われても……」

彼女が困ったように首をかしげる。

「おい、中村！」

とりあえず間に入ったほうが良いと思って声をかけると、振り返った彼女がまっすぐに正面から僕を見た。じっと僕を見る表情は真剣に中村に対する答えを探そうとしているようだった。もう少し泣きそうな表情をしているかと思っていた。そんな僕の勝手な憶測を裏切るように、彼女は出された算数の宿題の答えを一生懸命考えるような生真面目な表情のまま、僕の中に答えがあるかのようにじっと視線を投げてきた。そして、ようやく見つけた答えの切れ端をたどるように口を開いた。

「あの。スパイスってご自分で仕上げされました？」

「仕上げ？　えっと、調合は自分でしてます」

母さんのレシピをもとにしたスパイスの調合。そこに問題があるのだろうか。彼女が僕を見たまま小さく首をふる。

「薫りが違うんです。もっと躍るような弾むような薫りを楽しめるんです。その……本当のお店だと……」

彼女の声が言いにくそうに小さくなる。「本当のお店」。彼女が一生懸命に言葉を選びながら口にした言葉。それは決して間借りの僕たちを馬鹿にしようとしたわけじゃないのはよくわかった。何が本当のお店なんだよ、ともし僕らが彼女を問いつめたら、彼女は答えられないかもしれないけど。でも、僕らだってきっと答えられない。それくらい曖昧な言葉だけど、その曖昧な定義に足を踏み出すことができていないのが、僕と中村の現状だということがよくわかった。

「薫り……？」

気まずそうにうなずいた彼女は、今度こそ少し泣きそうな表情で困ったようにお財布をぎゅっと握りしめていた。

「ありがとうございます。教えてくれてためになった」

中村がにんまりと笑って頭をさげると、彼女はホッとしたように微笑んだ。中村はフーッと息を吐くと、「お会計は結構です」と彼女に向かって頬を緩めて笑った。いつも通りの中村だ。

「いえ、でも」

びっくりしたように大きく目を開いて、彼女が僕らを交互に見る。

「勉強代です。ほんと大丈夫ですから」

僕もそう言い添えると、彼女は仕方なさそうに小さく「ありがとうございます」とつぶやいてお財布をしまった。

「俺らもまだまだ勉強するからまた来てよな！」

中村が手を振ると、彼女はお辞儀をしかけた途中で何か考えるように動きを止めて、僕らにもう一度向き直った。

「あの。私、実は今日は学校の宿題でここに来たんです」

「宿題？」

「宿題？」

僕と中村が全く同じタイミングで問いかけると彼女が少し笑う。

「私、今ここに通っているんです」

そう言って彼女がスマホの画面を見せてくれた。黄色をベースにしたサイトには大きく「カレー予備校」と書いてあった。その下に講師と卒業生の説明が載っている。

「うっわ！　スゴイじゃん。ここの卒業生、カレーの有名人が勢ぞろいじゃん!!」

中村が彼女が手渡してくれたスマホの画面をどんどんスクロールしていく。

「うっわ。なんで俺の調査網に引っかからなかったんだよ。うっわ、あの店の店主も」

「ここ、紹介制なんです。だから一般にはあまり知られてないんですよね」

さっきから「うっわ」としか言っていない中村の勢いに苦笑しながら、彼女が教えてくれた。

「あぁ〜、俺のカレー人脈って、友達少なそうな変な奴しかいないからなぁ」

中村くん、そこには僕も入っているのかい？

中村に対して思うことはありつつも、僕も予備校というものの存在は気になる。

「このカレー予備校って、何するんですか？」

「一言で言えば、とにかくカレーが好きで仕方ない人たちが集まって、カレーをいろんな角度から勉強しています」

彼女と僕の視線の先で、中村はまだ「うっわ。うっわ」と喜んでいる。ああいうのがいっぱいいるのだろうか……。

「学んで終わりにするんじゃなくて、どんな形でもいいから学んだことを活かして次のステップに進む、っていうのが学校のポリシーです」

彼女は中村とはずいぶん雰囲気が違うけど、やっぱりカレー店を開きたいのだろうか。

そう問いかけた僕に彼女は首をふった。

「カレー店を開くために通っている人もたくさんいますけど、他にもいろんな目的を持った人がいますよ。華やかな盛り付けが主流のスパイスカレーで色彩感覚を磨きたいって人もいるし」

ふっと、僕を見上げた彼女と目があう。

「私は、アロマの勉強をしているんです」

「アロマですか？」

カレーとアロマはあまり結びつかない。

「クローブとかオールスパイスとか、カレーでよく使われるスパイスをアロマにも使うんです。でも、アロマオイルになったものだけを見ていても、わからないことが多くて。ちゃんと触って、食べてみたいなって」

前回、彼女が訪ねてきてくれた時に薫ったあの薫りを思い出す。

「あぁ、それは、」

彼女はにっこりと微笑んで教えてくれた。

「ゼラニウム。前に進みたくなる薫りですよね」

あの薫りはゼラニウムというのか。

僕の中にかすかに残っていたあの薫りを思い出すと、まだ先だと思っていた夏の空がぐっと近づいてきた気がした。

「ねぇ、ねぇ、宿題ってどんなことすんの？」

中村の声が飛び込んで来た。

「班ごとに与えられたテーマを研究する宿題が出るんです。今回は『間借りカレー研究』だったんです。それで、担当エリアを分けて自分の受け持ちのエリアの間借りカレーをくまなく試してみるっていう……メニューが違う場合はもう一度行くことに私はしてて……」

彼女の声が申し訳なさそうな響きとともにフェードアウトしていく。

耳を澄ましても聞こえないほど小さくなった彼女の声に、なるほどと思う。別に僕たちのカレーが好きで二度も来てくれたわけじゃなかったのか。

僕はそこそこがっかりしたけど、中村はそんなことはどうでも良いというように自分のスマホで検索を始めている。

「俺、ここに入りたいんだけど。どうしたら入れんの？　タームって何？　途中からでも入れんの？」

お客さんを目の前にしてこの態度では、やっぱり趣味と思われても仕方ないだろうと反省して、ひとつひとつ丁寧に中村に答えてくれる彼女に頭をさげる。

「えっと。なんかごめんなさい」

「大丈夫です。カレーが大好きなんだなってわかります」

そして少し小さな声で、「それに、もっと濃い人たちがこの学校にはいっぱいいるんで、」と言って「慣れてます」と微笑んだ。

彼女は学校への問い合わせ先を教えてくれ、彼女の紹介として僕らが入学できるように学校に僕らのことを伝えてくれると約束してくれた。それだけでも感謝しかないのに、さらに、

「これ、よかったらどうぞ」と、2枚のチケットをくれた。

「今度、今のターム終了のイベントがあるんです。よかったら来てください。坂下《さかした》さんのカレーも食べられますよ」

彼女がそう言うと中村が目を輝かせて飛びついた。

「マジで！」

坂下さんというのは二人の共通の知り合いなんだろうか。


彼女を送りがてら店の外に出ると、いつの間にかすっきりと晴れていて、静まり返った青空の中にぽっかりと白い雲が浮かんでいた。雨に濡れたアスファルトが光を返し、ありふれた街並みが少しだけ輝いて見える。

それじゃぁ、と頭をさげる彼女に僕にしては思い切って尋ねてみた。

「えっと。お名前聞いてもいいですか？」

「あ、そうですよね。成宮《なるみや》あおいと申します」

彼女、成宮さんはそう微笑むと、大きく両手を振る中村と会釈する僕に小さく手を振ってから、雨上がりの街路樹の下をゆっくりと歩いて行った。日差しを浴びて輝く木々を時折見上げるようにして歩く彼女に、もう一度カレーを食べてもらいたいなと思った。

# 第4話　7月、素人カレーと辛口批評家

目の前に置かれたレモンチキンカレーを惚れ惚れと眺めてしまう。運ばれてくる時からカルダモンとすっきりとしたレモンの薫りが鮮やかに周囲の空気を変えて、会場に集まったみんなの歓声を浴びていた。回ってきた皿を一口味わうと、多彩なスパイスがお互いを刺激し合いながら混ざり合っている。ヨーグルトの酸味が爽やかにきいていて、暑くなるこの時期にはぴったりの味わいだった。そして、チキン。ほろほろと柔らかいのにしっかりと旨みを握りしめていて、噛むとジューシーな味わいを余すところなく楽しめる。

呆然とするしかなかった。

見た目は僕が作ったカレーとそれほど差はないのに、活きた薫りのするスパイスの味わいが桁違いだった。それほど多くの種類のスパイスが入っているわけではなさそうなシンプルな作りで、だからこそ飽きずにもっともっとと、昼食を食べてきたばかりだというのにどんどん食べ進めてしまう。みんなとの会話を楽しむこともなく、結局そのまま一気にたいらげてしまった。

「君、いい食べっぷりだね。どう？　僕の新作は？」

少し離れた人垣の向こうから、中心にいる人物が僕に声をかけてきた。それほど背は高くないけど、すっと伸ばした背筋のせいか目が吸い寄せられる。自然体のようで、手がかかっていそうなゆるい癖のある髪と、ラフに羽織ったジャケットの着こなしがよく似合っている。どんな格好をしていても、その場に調和してしまう。そんな雰囲気のある人だった。もう食べちゃったんだ、とその人につられて振り向いた何人かも僕に親しげに笑いかける。

「えっと。天才の味がします」

僕がそうこたえると、どっと周囲が笑い出す。

「確かに、坂下さんが作るカレーはいつも天才の味がする」

「するする」

その人、坂下さん、の周囲を囲む人たちが笑いながらはやし立てる。はやし立てられて苦笑しながら、坂下さんは「僕は結構努力の人なんだけどな」とくるりと目をまわして困った風な表情をした。

「僕が努力したからこそ、ここでみんなにその技を伝授できるってこと」

と言うと、今日最大の歓声が巻き起こった。

ここは成宮さんが招待してくれた「カレー予備校」のターム終了のイベント会場だ。南青山にあるオフィスビルの会議室。今回のイベント用に借りているらしいけれど、「オフィス」とか「会議室」といった殺風景な言葉のイメージを覆す垢抜けた雰囲気だった。レンガを模した壁にはさらりと絵が飾られて、奥の一面は大きな窓。海外ドラマでしか見たことのないようなお洒落さで、中村と一緒じゃなかったら逃げ帰ったかもしれない。

会場には卒業生や招待客も含めると100人以上が集まっており、間借りカレーの案内や、生徒や卒業生が作ったカレーをモチーフとしたグッズが売られているブースもある。でも、今日のメインイベントは生徒による今タームの研究発表らしい。

3ヶ月が1タームとなっており、タームの終了に合わせて班発表を行うそうだ。発表の準備が整うまでのつなぎと言って、予備校の創設者でありメイン講師を務める坂下さんがふるまってくれたのがさっきのレモンカレーだった。

みんなの笑いの輪から外れたところで講師の坂下さんを眺める。人の輪に囲まれるのが似合う人だなと思った。カレーの味が人となりを反映するのだとしたら、僕はきっとこの人が作る味にたどり着くことができない。シンプルなのに魅惑的な、誰もが夢中になるあの味は、まだ僕の中にしっかりと残っている。ほんの少しだけ特別な日に食べたくなる。今の僕とは違う世界の味だと思った。

あの日、成宮さんが帰った後に、「で、坂下さんって誰だよ？　友達？」と聞いたら、中村は顎《あご》が外れるんじゃないかというくらい大げさに口を開けて驚いてみせた後、カバンの中から何冊かの本を取り出した。その中には僕も読んだことのあるカレー本もあった。

「ここにある本の作者、監修者はゼーンブ、坂下さんだよ」

「有名人？」

中村が大げさに頭を抱えながら、「お前、カレー予備校に通う前に絶対もっと勉強したほうがいいぞ」と大きなため息をついた。

その「坂下さん」が目の前にいる。

中村に教えてあげたら喜ぶだろうなと思ったけれど、さっきからいくら探しても見つからない。ここまで一緒に来たのだけれど、このホールに着いた途端に中村は、「有名間借りカレープレーヤー」がいると目を丸くして、人ごみに飛び込んでいった。

会場に着くまでは、

「お前、結構失礼なことを有名な人に言ったりしそうだよな。俺から離れるなよ」

と、遠足の引率をする先生のように僕に言い聞かせ、散々僕を疑うような目つきで聞いてきた。

「お前、ちゃんと勉強してきたか？」

「坂下宗介《そうすけ》、49歳、カレー界のレジェンド。彼女に振られたことがきっかけでカレー作りに目覚め、10年間も旅のカレー屋を一人で続け、日本のカレー業界を牽引《けんいん》。著作、30冊以上、現在、カレー予備校を開校し、自ら講師を務める」

「なんだよその説明文的な説明」

勉強してこいと言った割に、答えると呆れられてしまった。

「仕方ないだろ。ネットのまとめ記事を読んだんだから」

もっと、深みのある情報なかったのかよ、と中村はぶつぶつ言いながらも、

「彼女に振られてカレー作り始めるってすごいな」

と感心したようにつぶやいた。

「お前も大して知らなかったんじゃないの」

中村はペロリと舌を出す。しばらくキョロキョロと周囲を見渡していたと思ったら、

「おい、あそこ！　山下やの店長がいる!!　間借りの秘密聞きだすぞ!!」と叫んで、そのままますごい勢いで、すでにできつつあった人垣の中に飛び込んで行った。「だれそれ？」そう問いかける間も追いかける余裕もなかった。

そして、一向に戻ってこない。

新たなレジェントを見つけでもして精力的に飛び回っているのだろう。中村と違って憧れの人がいない僕は、カレーを食べてしまうと手持ち無沙汰になってしまった。もちろん知り合いもいない。

成宮さんの姿はまだ見つからない。忙しそうに発表の準備をしている人たちがいるから

そっちにいるのだろう。そこかしこに人の輪はできているが「よそ者」感がある僕が入り込むスペースはなさそうだった。

カレーも食べたし帰ろうかなぁ、せっかく招待してくれた成宮さんには悪いけどついそう思ってしまった時に、飛び出していった中村が飛び込むように戻ってきた。そして、スマホを僕の鼻先につけそうな勢いでぐいっと差し出す。

「おい、これ見たか？」

近すぎて見えない。

背中をそらすようにして顔をはなすと、どうやらSNSのグループページのようだ。色とりどりのスパイスの画像がトップ画面を飾っている。

「なにそれ」

「この学校のSNSページ。生徒専用だけど」

「そんなのあるんだ。すごいね」

「あんだよ。今、何人かと友達になって申請してもらって、SNSにも招待してもらったんだけどさ」

思わずじっと中村を見る。

僕の視線に気づいた中村が慌てて自分の顔をさわる。

「やべ！　カレーついてる？　それともよだれか？　さっきの美味かったから」

「いや、やっぱお前すごいなと思って」

僕がここでぼんやりとカレーを食べている間に、中村はずいぶん生産的な時間を過ごしていたらしい。僕なんて中村以外とは辛《かろ》うじて坂下さんと二、三言葉を交わしただけだ。

「イケメンか？」

「そういう意味では……ない……かな」

不満そうに眉をしかめた中村はそのまま不満そうな顔で話を戻す。

「つーか、見てくれよこれ。今回のタームで間借りカレーを研究してるんだけど」

「成宮さんが言っていたやつかな」

「だな。んで、そのレポートをこの瀬川《せがわ》っていうやつが毎回律儀にＳＮＳにあげてるんだけどさ」

中村が画面をスクロールしていく、個性的なカレーが次々と現れ、コメントとともに点数が表示されている。

「へぇ。旨そうなのばっかり」

「そんなのんきなこと言ってる場合じゃないんだよ。ほら、これ見ろ」

見覚えのあるカレーが現れた。僕たちの間借りカレーで提供したカレーたちだった。他のと違ってコメントがほとんどない。

「素人の趣味で作られたカレー。趣味にしては上出来。審査対象外のため点数表示せず

「へぇーじゃないだろー!!」

……へぇ～」

中村の顔がアップで迫ってくる。

「俺らこんなこと言われてるんだぞ。あとでこれ書いたやつ見つけて問い詰めてやる」

「そんなこと言っても僕ら素人だし。だから、ここに勉強しに来たんだろ。それに素人にしては上出来って褒めてくれてるし」

中村が地団駄を踏むように手足をふりまわして髪をかきむしる。

「そうなんだけどさぁ!!　こう、なんつーか……プライドが刺激されるっつうか。わかる?」

そう言って僕の目を数秒覗き込んだ後、諦めたように大きくため息をついてうなだれた。

「まあ、わかるよ」

そう言ってみたけど、

「うそつけ」

と中村は肩を落とす。その時、周囲から拍手がわき起こり、センターに何人かが登場した。発表が始まるようだ。中村も気分を変えるように大きく肩を回してストレッチすると、興味深げに注目し始めた。

僕は中村の背中を眺めながら、鈍い感情がじくじくと僕の中にくすぶり出したのを感じていた。

さっき中村に言ったことは嘘ではなかった。

僕としては、中村が言いたかった悔しさやもどかしさをしっかりと受け止めたつもりだった。

あのコメントから嘲《あざけ》りのニュアンスを僕だって感じなかったわけじゃない。

中村は「俺ら」と言ってくれたが、実際に嘲笑されているのは僕だ。間借りカレーは二人で運営していたけれど、カレー作りに関しては、中村はメニューを決めるところから僕に一任してくれていた。食材を選んで調理したのも僕だ。「素人の趣味」と言われているのは僕の用意したカレーだ。店舗や接客については中村がハンドリングしてくれていたけれど、そちらに対しての批評はなかった。

だから、本当は僕がもっと反省するか憤《いきどお》るべきなのはわかっていた。今更ながらゆっくりと、さっき中村と一緒に言えばよかった言葉がじわじわと僕の中に湧いてくる。

確かに僕は素人だけど、「素人のカレー」としてひとくくりにされるのは不本意だ。どうせ批評するならしっかりとどこが悪いのかまで書いて欲しい。それができないのなら、そっちこそ「素人の批評」だ。

本当は僕も中村みたいに大きな声でそう言ってやりたかった。

なのに、できなかった。

中村はもうすっかり気分を落ち着かせたのか、興味深そうに発表を見ている。僕は遅れてやってきたさっきまで言葉にもできなかった思いを処理しきれなくて、結局発表にも集中できていない。

我ながら反応の鈍さが情けなくて自己嫌悪に陥ってしまう。

「いろんなお店に伺《うかが》わせてもらいました。どれも本当においしかったです」

閉じかけた僕の耳に柔らかな声が流れ込んできた。成宮さんだった。発表資料の前で間借りカレー店の紹介をしてくれている。その中にはちゃんと僕らのカレーも載っていた。ゆっくりと周囲のざわめきとともに発表の内容が頭に入ってくる。

「へぇー、成宮ちゃん、ちゃんとしてんじゃん」

中村が満足そうにうなずく。

「うん。どの店にも行ってみたくなる」

彼女のレポートを聞くと本当にそう思った。一軒ごとのお店に対して特徴と次回への期待を言ってくれる。僕と中村の店へのコメントは「旬の食材を使ったカレーが毎回楽しみ。スタッフの人柄がフレンドリー。スパイスの使い方を勉強中なので今後の成長に期待」だった。ちらほらと、行ってみたいね、というささやきが聞こえてくる。中村は「やっぱり俺の人柄が素晴らしいよな」とニヤニヤとする。あの日の中村の様子をいくつか思い出してみる。どう好意的に見ても、

「成宮さんのことを脅しているようにしか見えなかったけどな」

「君はまだまだ俺の良さをわかっていないようだな」

中村が腕を組みながら、ふふんと笑う。

成宮さんがぺこりとお辞儀をすると拍手がわき起こる。成宮さんを含めた班のメンバーたちが恥ずかしそうに顔を見合わせて退場しようとする。と、その中の一人の男の人が、ちょっと待ってというように手を大きく振って、みんなの注意を引きつける。

背の高い、つるんとした顔の人で、和服が似合いそうな雰囲気だ。着ている白シャツは、すっきりとしたデザインで、肩に少しだけ入ったシワまで完璧な洗練されたシルエット。少しまくった袖の位置までちゃんと考えていそうで、友達にいたら面倒くさそうだ、なんて勝手な想像をしてしまう。

その人の顔を見た中村が、ものすごくマズイものをうっかり食べてしまった時のように眉をしかめた。

「俺、あいつ知ってる。1日目に来てた批評家きどり」

「じゃあ、あの人がもしかして」

中村はうなずいて「SNSの記事書いたやつだな」と面白くなさそうにささやいた。

「どうも。瀬川です。俺たちの班の発表は班長の成宮さんの報告で終わりなんですが、ちょっとアナウンスさせてくださーい。みなさん、見てもらったと思うけど、SNSでカレー店のレーティングを始めてます」

中村が僕をふりかえって口だけを動かす。「だろ？」僕もうなずく。見たよーという掛け声に手を振ってからその人、瀬川さんはさらに続ける。

「カレーってラーメンと違って趣味で参入してくる人が多いと思ってます。なんか近年は特にそうなんじゃないかなーと。だからこそ、カレーに特化した信頼できるレーティングサイトにしていこうと考えていますのでよろしく！」

爽やかに笑いながらお辞儀をすると、瀬川さんは前髪を軽くかきあげながら何か質問はという風に周囲を見回した。前の方にいる小柄な女の子が手を挙げる。

「ねぇ、評価基準て決まってるの？」

瀬川さんはやっぱりきたねその質問、というように鷹揚《おうよう》にうなずいた。

「その点については色々実験的に検討中です。今のところ、俺がレーティングしているので、そのうちその目線を誰かにレクチャーして広げていけるか考えています」

質問した女の子は、ふーん、と首をかしげると「つまり何にも決まってないってことだね」とつぶやいた。中村がこらえきれずに「ぶはっ」と噴き出す。その笑いが周囲に伝播《でんぱ》していくと、瀬川さんが明らかに不愉快な顔になる。そして、最初に笑い出した中村を見ると、薄い唇の端をわずかに上げて言い足した。

「まぁ、一つだけはっきり決まっていることはあります。SNS映えだけ気にした素人カレーは評価する価値もないってことかな」

周囲に笑いの渦が起きる。みんなが口々に、わかるわかると言ってうなずく。中村は前に立つ瀬川さんの方を見たままだった。今どんな顔をしているのかわからなかった。

「えっと。SNS映えの何が悪いんですか？」

硬い声が鋭く響き、周囲の笑いがスーッと引いて静かになった。みんながゆっくりと僕をふりかえる。中村も驚いたように目を丸くして僕をふりかえり、「お前、だよな？」というように僕を指さす。

そう、僕だ。

どうやら僕らしい。

驚いたことに。

急に喉の渇きを感じて喉が詰まったようになる。

瀬川さんと僕の間の人たちがスーッとはけて、一本の細い道が僕たち二人の間に現れる。みんな、僕が次に何を言うのか恐々と、でも興味深げに見守っているのがわかる。

「そんなわかりきったこと聞かないでよ」

これでおしまいというように、瀬川さんがちらりと僕を見てからみんなに手を振った。かすれた喉はまだそのままだったけど、僕は慌てて答える。

「えっと、わかんないです」

瀬川さんは僕を面倒くさいやつだと思っているのを隠そうともせずに苦笑した。誰か助けてよ、というように瀬川さんが薄い笑いを浮かべたまま周囲を見回す。ゆっくりと、瀬川さんの笑いが前の方から伝播してくる。

「僕たちはお客さんをまずは獲得することから考える必要があります。だから、口コミを利用できるツールを使うことは間違ってないと思う」

「味で勝負しようよー？」

瀬川さんがそう言うと今度は大きな笑いの波が広がっていく。

「はい！」中村が手を挙げる。何人かの注意が中村に向かう。

「はい！」と、中村とほぼ同時にもう一人、前方で手を挙げた人がいた。

「いいじゃん、SNS」

会場の注意が一気にその人に集まる。坂下さんだった。

「使えるものは使う。俺は賛成だよ。実際に、目から入る情報も料理には大きく影響する。和食も器にこだわるね」

坂下さんのコメントにみんなが納得するようにうなずく。瀬川さんはどう反応していいのかわからないような表情で立ち尽くしている。

「ちなみに」

坂下さんが大きい声で言ってみんなの注意を惹きつけてから続ける。

「僕は瀬川くんの意見を否定するわけじゃない。そこはわかっておいて。ただ、最近はやりのメガ盛り？」

坂下さんが語尾を上げて大げさに首をふる。みんなも「あぁ」と残念そうに声をそろえる。

「みたいな、ほとんどの場合食べ残されることを前提にしてただ飾り立てることは僕もやらないし。瀬川くん！」

呼びかけられると瀬川さんがピッと背筋を伸ばして「はい」と返事をした。

「君の意見はそのままでもちろん悪くない。いいと思うよ。ただし、ここで挑戦してもらいたいのは、自身の意見を誰もが納得できるような形で、きちんと反対意見に対しても説明できる論拠を持つこと。僕のいる料理界でも他の場所でも、自分の意見を伝えるにはプレゼンターとしてのスキルが必要となっていくから。そこに挑戦してもらいたい。発表ありがとう」

「はい、ありがとうございます」

そう瀬川さんがうなずくと拍手が起こり、次の班の発表準備に移っていった。カレー店を上場させる方法、というかなり経営的な話題が始まり、中村は「ちょっと行ってくる」とグイグイと前の方に攻めていった。

嵐に備えた警戒をゆっくりと解くようにもとの賑わいが戻ってくる。ただ、気のせいか僕の周囲だけ妙に空間が空いているような気がする。小川の中の邪魔な石のようにみんなに優雅に避けられている気がしてならない。今度こそ本当に帰ろうと思ったとき、ツンツンと肩をたたかれた。

「ねぇねぇ、地味な顔して結構言うね」

横を見ると、大きな瞳の色白な女の子がにっこりと笑っていた。鮮やかなグリーン地の花柄ワンピースに見覚えがある。一番初めに瀬川さんに質問をしていた子だった。

「え、僕のこと？」

「決まってんでしょ」

そう言って、鼻にしわを寄せるようにして思い切り顔をしかめる。どちらかというと彼女の方が見た目と話す内容にギャップがある気がする。色白の小さな顔はとても整っていて、肩の上で揺れる柔らかそうな茶色の髪。ふんわりとした可愛らしい雰囲気なのにどうも口調と落差があるような。

「あたし、西野《にしの》。西野彩未《あやみ》。よろしくね！　なるちゃんの紹介で来た人でしょ？」

「あ、松本です。松本優人《ゆうと》。あの、なるちゃんって？」

「成宮ちゃん」

「あぁ、成宮さん」

「そ。結構仲いいんだよ。あたし、なるちゃんとは。でも瀬川さんのことは苦手なんだ。

あの人の下の名前、しげあき。こんな字書くの。瀬川成亮《しげあき》」

西野さんは宙に描いて見せながら、何故か不満げに眉をしかめる。

「はぁ？」

「なんか硬くない？　あと見た感じなんか書くの面倒くさそうでしょ？　試験の時とか。あたしは『野』と『彩』がささやかながら面倒くさい。わかる？」

「あ、まぁ。僕も『優』の字が地味に……」

「でしょー？　普通、こんな会話になるでしょ？　軽い世間話じゃん。だけど、瀬川さんはさ、『俺は、それくらいでハンデを感じるような試験の経験はないなぁ。あ、会計士試験？　いや、そんな大変じゃなかったな』って言うの。こーんな顔して」

そう言って、両目を細めて大きな目の端を両手で引っ張ってみせる。全然似ていないけど、似せようとしている気持ちはわかった。

「だから今日もつい意地悪言っちゃったんだけど、あなたの質問の後の展開の方がこたえたみたい」

西野さんが顔を戻してにっこりと天使のように微笑む。

「いや、僕は本当に何にも……」

結局、言いたいことを半分も言えなかった。うまく言葉にすることができなかった。

「坂下さんがまとめてくれたし」

「あぁ、坂下さん。見た目よりはいいやつでしょ？　初めは単にちやほやされたいだけかと思ってたんだけど、結構まともなこと言ってくれるんだよね」

うん。確かに。正直に言うと、僕も全く同じように感じていた。周囲は「有名人」である坂下さんを単に囲んでいる感が拭えないし、あの人もそれを楽しんでいるのかと思っていた。そう言うと、

「やっぱり、あたしと同じくらい性格悪いこと考えてるじゃん」と、西野さんにケラケラ笑われた。

「とりあえず仲良くしよ！」

「はい、よろしくお願いします」

「あ！　なるちゃん！」

西野さんが突然跳ねるように大きく手を振る。人垣の向こうに成宮さんの姿が見え、西野さんの大声に恥ずかしそうに苦笑いして小さく手を振ってくれた。その隣にいるのは瀬川さんだった。僕と西野さんの姿を見て心の底から嫌そうな顔をした。結構繊細な人かもしれない。

ちょうどその時、息を切らした中村が小走りで僕の方に駆け寄ってきた。

「またせたな。カレー店の儲かり方をがっつり聞いたから後で教えてやるよ」

大きな体を揺らしながら人ごみを器用にすり抜けてこちらに来た中村。それを見て西野

さんがまた唐突に笑い出す。

「ちょっとそんなクマみたいな体型で走って戻ってこないでよ。笑えるー」

中村が僕を睨むように見て問いただす。

「おい、誰だよ。この失敬な女子は」

「西野さん」

そう中村に紹介すると、笑いの発作を何とか抑えた西野さんが顔を上げてにっこりと微笑む。

「よろしくね」

さっきまでの失敬な女子が、天使のような微笑みを浮かべるのを見て中村が絶句する。西野さんは「ちょっと〜、無視しないでよー」とむくれて見せてから、「まぁ、いいや。次回の授業でまた遊んでね」と軽やかに去っていった。

嵐のように勢いよく来て去っていった彼女を、「おい、なんだよ。あの可愛いのは」とつぶやく中村と一緒に見送っていたら、後ろから僕たち二人の名前を呼ばれた。聞き覚えのある声だった。

「新タームから通ってくれるんだよね？　坂下です。よろしく」

坂下さんは手に持っていたグラスを僕と中村に差し出しながらそう言って目を細めた。グラスを渡してくれる指先は、ほんのりとターメリック色に色づいていた。僕の視線に気づいた坂下さんが目尻を下げて笑う。

「あぁ、これ。いつでも何かしらのスパイスが体のどこかについてるんだよ。毎日」

「毎日ですか？」

「そ、大学時代も入れたら30年くらいカレーを作り続けてるからね」

「毎日ですか？」中村が目を丸くする。

坂下さんが笑いながら、計算するように視線を宙にそらして、「25年間は確実かな」とうなずいた。

「うはぁー」

と、よくわからない声をあげて中村が目を輝かせる。そんな中村を横目に、僕は「25年」と心の中で何度もつぶやいた。

25年。僕の人生とほぼ同じ時間、同じことをし続けているなんて、ものすごいことなのではないだろうか。嫌になることはなかったのだろうか。自分がやっていることが無意味だと感じてしまったことはないのだろうか。

坂下さんは中村の視線を気恥ずかしそうにかわし、黙ったままの僕をちらりと見てからわずかに目を細めてつぶやいた。

「この学校を始めたのは、僕が毎日少しずつ集めた知識を全部ここに放り出してしまおうと思ったからなんだよ」

放り出す、という言葉。知識のバトンのように受け手を定めるのではなく、誰が拾っても拾わなくても気にしない。そんなニュアンスが感じられて、中村も不思議そうに坂下さんを見つめた。

僕たちの視線を受け止めるように、坂下さんはニッと口元をあげて見せて、

「君たちもなんでもいいから僕から奪うつもりで通ってみてよ」とおどけるように言いながら、手に持ったグラスを軽く掲げる。僕と中村も慌てて乾杯をするようにグラスを掲げて、「よろしくお願いします」と飲み干した。

この人の中にも、僕なんかにはわかりようのないいろんな時間が積み重ねられているんだろうな。僕の人生よりも長い時間をかけて、今日食べたチキンカレーは出来上がったのか。心の底から、僕のカレーはまだ趣味のかけらのようなものでしかないなと実感した。

「新タームからよろしくお願いします」

僕の口からその言葉が飛び出たのは中村よりも早かった。

正直に言うと、ここに来た時点ではまだカレー予備校に通うかどうか悩んでいた。でも、味わったカレーの素晴らしさや学べる知識の広さは魅力的で、今では通うのが楽しみになっていた。かなり個性の強そうなメンバーとうまくやっていけるかは不安だけど。

# 第５話　７月、再会とおいしいの秘密

初授業の日は夏らしい青空がすっきりと広がっていた。昨日まで灰色の雲が空を覆っていたとはかけらも感じさせないくらいに晴れ渡っていて、訳もなく何か特別なことが起きる予感がしてくる。まだ時間があったから駅まで少しだけ遠回りして歩くことにした。

空はすっかり夏なのにまだ気温はそれほど上がっていなくて、散歩には最適な気候だった。住宅街の細道をのんびりと歩く僕を追い越すように、静かに風が通り抜けていく。

みんなどこかに出かけてしまったのか。妙に静かで誰ともすれ違わなかった。知らない場所に迷い込んでしまったような気分になる。その時、僕を追い越していく風の中によく知った薫りを感じた。

カレーライス。どの家もそれぞれの味をきっと持っているのに、どの薫りも共通して僕たちを魅了する。懐かしさや楽しさや、時には切なくなる思い出も含まれているかもしれない。それでもいつだってこの薫りをかぐと不思議な安心感に包まれる。

ねぇー

かすかな呼びかけが聞こえた気がして顔を上げる。誰もいない。歩き出そうとすると、「にゃー」と声をかけられた。そして、足元にふんわりとした何かが触れる。「どこ見てるんだよ」というように白いネコが僕の足を尻尾ではたく。優雅に揺れる白い尻尾。あの5月の朝、公園で出会ったネコだ。

「久しぶりだね」

思わず声をかける。そうかしら？　というように、ネコは小さく首をかしげると軽やかに塀の上に上がり、もう一度「にゃー」と鳴いて尻尾を二、三度ふると、すたすたと僕とは反対の方向に向かって歩き去って行った。

やっぱり何かすごいことが起きるのかもしれない。

そう思うと久しぶりにワクワクした。

学校はこの前の会場から数軒離れたビルの中にあった。ビルの一階はガラス張りの空間になっていて、まぶしいくらいに夏の光が降り注いでいる。真っ白な空間の入り口側には、どこでどう注文して席についていいのかわからないおしゃれなカフェ。彼女や会社の同僚たちと何度かこういうおしゃれな場所に行ったことがあるけれど、メニューに書かれた内容と実際に出てくるもののイメージがいつも一致しなくて戸惑ってばかりだった。僕にはスパイスだけを見て注文する方がまだわかりやすい。いろんな味わいはあるけれど、カレーはカレーだ。

受付の人の案内にしたがって渡り廊下を抜け、薄暗い階段を上る。途端によく知った薫りが漂ってきた。扉の前に立つ黄色いシャツを着たスタッフさんが僕に微笑んだ。「ご入学おめでとうございます」

教室をのぞくと、長方形のテーブルが並んだ大学の講義室のような雰囲気だった。だけど、黒板の前に置かれた台には電子調理器や鍋がずらりと並んでいる。

「ここで調理もするんですか?」

スタッフさんに尋ねると、フロアを案内してくれた。

「講義室でやるのは実演だけですね。皆さんが作業するキッチンはこちら。もともとは調理系の専門学校が入っていたんですよ。全員が入れるほどの広さはないけど、10人くらいだったら同時に調理できる器材は揃えてますよ」

見せてくれたのは廊下のさらに奥にある専用キッチン。

「わぁ」

思わず声が漏れる。

綺麗に磨かれたアイランド型のキッチンカウンターが5台、業務用冷蔵庫が2台。壁際にはずらりと調理器具が置かれている。僕たち以外は誰もいなかったけど、一番奥のカウンターにはコンロの上に鍋が置かれていて、誰かが作業していた気配が残っていた。

早く来たつもりだったのに、講義室に戻ると座席はもう半分以上うまっていた。30人はいるだろう。

すっかり馴染んだようにくつろいでいる人もいれば、僕と同じように今回のタームからなのか緊張した様子で席についている人もいる。部屋にいる人たちをざっと見回しながら、この人たちと一緒に勉強するんだな、と急に現実感が湧いてきた。

班決めはくじ引きだそうだ。無心で引いた番号のテーブルについた途端、思わずテーブル番号を二度確認してしまった。

「テーブル7番はこちらですよー」

中村がにんまりと笑って空いている席を示す。

「あーー!!　同じ班じゃーん。よろしくね」

天使の笑顔で西野さんが手をふる。

「あの。荷物ここにも置けますよ」

少し困ったように笑いながら成宮さんが教えてくれる。

最後の一人の瀬川さんは僕の顔を見るとため息をついて、自分の番号とテーブルの番号を何度も確認し、最後には頭を抱えてうつむいた。

「えっと。よろしくお願いします」

みんなに向かってお辞儀をして、中村の隣の席に座る。

「同じ班になるとは思ってなかったな」

にんまりと中村が笑う。

「これ……本当にくじ引き？」

「俺だってちゃんと引いたぞ」

そう言って中村が自分の引いた番号を見せてくれる。確かに僕と同じ班番号が書かれている。あの白ネコがひらりと尻尾をふる姿が頭をよぎる。すごいことがやっぱり起きた。

改めて同じ班のメンバーを見渡す。瀬川さん、西野さん、成宮さん、中村、そして僕。

これから新しく始まるタームの授業はこのメンバーで課題に取り組んでいくと聞いている。

個性的な素材がそろったけど、うまく一つの料理にまとめられるのか一抹の不安がある。

いや、不安しかないかもしれない……。


「ラッサム」

壇上に立った坂下さんが大きくホワイトボードに記載する。周囲から「おぉ～」と感嘆する声がもれる。

「いい反応だね」

坂下さんは振り向くと目を細めて笑った。「作ったことある人？」と手をあげるようにうながす。パラパラと手があがる。

「うん、まあこんなもんか。じゃあ、食べたことある人」

僕から見える限りほとんど全員の手があがる。いや、全員かもしれない。

僕を除いて。

「さすがここに通うだけあるね。よし、まあ、改めて説明するまでもないかもしれないけど……そうだな……じゃあラッサムの特徴をなんでもいいからあげてみて」

颯爽と瀬川さんが手をあげてこたえる。「南インド料理のミールスに添えられるスープです」坂下さんがうなずく。

「他には？」

「別にミールスに添えるのが全てじゃないと思いまーす」

そう言うと、西野さんは瀬川さんの方を大きな瞳を細めて見る。瀬川さんが舌打ちをしたそうに口をゆがめると、西野さんはとても満足そうに「タマリンドの酸っぱい感じ！」と、小首を傾げて可愛らしく発言する。

瀬川さんが噛みつきそうな顔で西野さんを見るけど、ツンとすました顔で西野さん自身は少しも気にしていない。坂下さんが、苦笑しながら「その班、元気がいいな。ついでに他のメンバーにも聞いてみようかな。じゃあ、成宮さん、どう？」

「あ、はい」

成宮さんは慌てて手元のノートをめくりだす。「辛味と酸味が特徴のスープで、主な材料はトマト、ダル、ニンニク、胡椒、そして西野さんが言ってくれたタマリンド……です」

「さーすが、真面目だ。なんでも調べてあるな。そのメモ今度僕にも見せてよ」

講義室のみんなが一斉にうなずく。僕ももちろんうなずく。成宮さんが恥ずかしそうにうつむいてしまう。

「よし、じゃあ、次はどう？　えっと……じゃあ、中村さん」

「中村です！　新入生です！」

中村が立ち上がって、坂下さんにというよりは他の生徒に向かって挨拶をしてから続ける。

「正直言うとどこのお店も似たような味に感じてます。濃さや若干の具材の違いがあっても基本は同じっていうか。でもベースとなる家庭の味的な違いはあるっていうか。なんか日本の味噌汁みたいなものかなと」

坂下さんが大きくうなずく。

「うん。確かにそれは言えるかもしれない。様々な特徴がラッサムとしてあげられるけど、基本の形式、味噌汁の味噌に当たる部分を押さえれば何を入れてもいいんじゃないかなと俺は思っている。大体意見は出ちゃったかもしれないけど……最後の君、どう？　何かある?」

坂下さんがにこやかに僕を指す。

「えっと……」

班のメンバーが僕を見る。

「えっと。あの、」

坂下さんがうなずく。

「ミールスとかラッサムって何ですか?」

僕の脳内で、カレーはカレーだ、と胸を張っていた僕を他の僕が蹴り倒している。ラッサム、ミールス、タマリンド。何語? おしゃれカフェに謝りたい。

ミールス。

主に南インドで提供される定食のこと。米を中心に副菜やカレーが添えられる。

タマリンド。

マメ科の果実。甘酸っぱい酸味が特長。主にタイやインドで食される。

ラッサム。

南インド料理の甘酸っぱいスープ。タマリンド、トマト、ダル、ニンニクが主な材料。日本でいう味噌汁、と最後に付け加えられている。

僕の質問の後、大爆笑が巻き起こってしまった。

坂下さんも予想外の質問だったらしく、簡単に説明してくれたけど「ごめん、僕も今日はスライドを持っていないから、また今度本でも持ってくるよ」とすまなそうな顔をさせてしまった。本当にその顔をすべきは僕であるのは間違いない……。

圧倒的な知識不足を披露してしまった。

よく考えたら僕は、いわゆるレシピ本というものをあまり読んだことがない。料理本で読むのは軽いエッセイや店の特集本くらいだ。スパイスカレーやインドカレーは食べに行くけど、「本日のスペシャル」「今日のランチ」みたいなものをいつも選んでいた。きちんとしたインドカレー店で、ちゃんとメニューを読み込んだことがない。母さんの作る手順を見て覚え、母さんがまとめたレシピノートに目を通し、ランチのおすすめを頼む。それだけだった。

そもそも母さんのレシピノートというのが曲者だ。メインの材料以外は「スーパーのお買い得品をふたつ」なんて書いてあるし、作り方も「なんとなく腕が痛くなりそうな気がしたら混ぜるのをやめる。痛くなるまで混ぜちゃダメ」という具合だ。レベル10とか書いてあるから難易度かと思っていたら、作ったときの美味しさレベルだそうだ。ちなみに母さんの空腹度によって評価は毎回変わる。さすがの僕もこれが王道のレシピではないとわかっている。

素人の趣味で作ったカレー。そう評価した瀬川さんの言葉が頭の中でひらひらと舞う。僕は彼の言葉に反論する根拠をなーんにも持っていないことに改めて気づいた。

そんなことを考え、坂下さんの実演準備のために一旦休憩に入った後も呆然としていたら、成宮さんが「良かったら」と言ってみんなの憧れのノートを僕に見せてくれた。綺麗な絵も添えられていてわかりやすい。

「ミールスってこれかぁ」

「お前も食べたことあるだろ？」

中村が僕の前で頬づえをつきながら、呆れたように眼を細める。

「あるねー」

さすがにある。インドカレー店にあるセットメニューらしきもののことだ。インドの定食と言ってくれれば僕だってわかったのに……。

「いやいや、お前、だってスパイスとか食材には詳しいじゃん。タマリンドも使ったことあんだろ？」

「いや、ずっと梅干し使ってたから……」

母さんのレシピにのっていたトマトと梅干しのスープ。絶対に、ラッサムのことだ。

中村が目を限界まで細める。

「……うまいの？」

「い、意外といけるよ……」

そんな僕の言い訳がましい発言に対して、

「作るの専門なんですね」

と、納得したように成宮さんが相槌を打つ。

専門というほどでは決してない。食べることも作ることも、目の前にあるもので満足するうすい好奇心しか持っていなかった。何かを学ぶということを甘く見ていた。

そんな僕の後ろ暗さをすくい上げるように、

「いや、作る時も普通はもっと勉強するもんだよ。やっぱりきちんと文化や背景を押さえておかないと、ただ見た目だけ重視した料理になってしまうから」

瀬川さんが諭すように優しく言う。僕にではなく成宮さんに向かって。

「じゃあ、勉強もせずに自然とカレー作れるようになったってこと？　てんさーい!!　表面的な知識だけ集めるよりはいいのかもぉ」

朗らかにケラケラ笑いながら西野さんが瀬川さんに微笑みかける。小さな顔を支えるように両手で頬づえをついている。遠くから見たら、笑顔を向けられている瀬川さんに思わず嫉妬してしまいそうな可愛らしさだ。ただ、笑顔を向けられている当人は少しも嬉しそうではない。

瀬川さんは西野さんから逃げるように顔を背けると、お前のせいだと言わんばかりに僕をにらむ。

「とにかく。知らないっていうのは興味がないってことだろ」

瀬川さんの視線が僕にささる。胸の奥で一瞬息がつまる。確かに僕は自分がすでに知っているものにだけ囲まれていて、それ以上を探り当てようとする努力はしてこなかった。

「まぁ、それぞれ知識が違えば見える世界が違うだろ」

中村が両手を天井に向けて伸ばしながらのんびりと言った。

「班で活動するならその方が圧倒的に面白いじゃん」

「私もこの学校に入るまでは全然知らなかったから」

成宮さんが瀬川さんに微笑みながら続ける。

「瀬川さんが色々教えてくれてすごく勉強になりました。今回も同じ班で楽しみです」

「いや、成宮さんは、ハーブにすごい詳しいし」

瀬川さんは視線をおよがせながらひとりごとのように言う。白い肌がほんのりと赤らんでいる。なるほど。瀬川さんが妙に僕らに絡んでくるのはそういう背景もあるのか。鈍い僕にもわかるわかりやすさだ。

でもさぁー、と西野さんが頬づえをつきながら可愛らしく首をかしげて僕を見る。吸い込まれそうに大きな瞳の奥には柔らかな光が漂っていて、どんな願いだって叶えてあげたくなる。まずいまずい。

「勉強しないでどうやって覚えたの？　スパイスカレーって一見ハードル高いじゃない？　師匠がいるの？　インドに行ったの？　それともやっぱり天才なの？」

僕は慌てて西野さんに説明する。

「そういうわけじゃなくて。母親がカレー作ったりアチャール作ったりするのをよく手伝っていたから。自然と覚えちゃったんだよね。小さなスパイスからカレーみたいにすごいものができるのが魔法みたいで面白かったんだよ」

「へぇー」

四人が初めて同じように反応する。

思わず笑ってしまう。僕だけじゃなくて他のみんなも顔を見合わせて、照れくさそうに少し笑う。

「確かにー。魔法っぽいよねー。スパイスって」

西野さんが、それこそ魔法の世界のお姫様のような可憐な顔でつぶやく。成宮さんもうなずいて、

「私も初めてルーを使わずにスパイスだけでカレーを作った時、そう思いました」と同意してくれた。

「それは確かに俺もわかる」

少し小さめの声で渋々とだけど瀬川さんも同意してくれると嬉しくなる。中村はなぜか

自分のことのように自慢げに、「だろ？」と笑うと、そういえばと僕の方を振り向いた。

「でも、おばさんはどこでカレー習ったんだろうな？」

「確か、大学のカレーとかの研究会に入ってたって言ってたよ」

僕が記憶をたどりながら答えると、その時、ふわりとスパイシーな薫りが漂ってきた。

「おぉ！　きたきた」

中村が目を輝かせて前に向き直る。

坂下さんがワゴンを押しながら講義室に戻ってきて、どうだい？　というように両手を広げて大きな鍋をしめしてから蓋を開けた。フレッシュな薫りが力強く飛び出してきた。初めに来たのはシンプルな胡椒の薫りだった。香ばしくピンと引き締まった刺激的な薫りに惹きつけられる。そのあと、トマトの酸味と果実のような甘酸っぱい薫りが一緒になって流れてくる。タマリンドの薫りだろう。そして全ての薫りをまとめ上げるようにクミンとカレーシードが華やかに薫る。

「よくカレーは作りたてが美味しいのか、少し寝かせた方が美味しいのか聞かれるけど」

坂下さんがやさしく鍋をかき混ぜながら話し始める。

「どんなカレーを作りたいかによってそのこたえは変わってくるよね。正解はない。だけど」

一度言葉を止めて、坂下さん自身も薫りを楽しむように大きく深呼吸をする。

「このフレッシュな薫りを生かしたいのなら作りたてに限るよ。特に仕上げのテンパリングで世界が変わる」

前から順番に小さな紙コップに入ったラッサムがまわってくる。フレッシュなトマトの色味がスープに溶けていて、上にのせられた青々としたコリアンダーがその赤をさらに引き立てている。味わおうと顔を近づけるとさらにいろんな薫りが鼻腔《びこう》をくすぐる。ジンジャー、ニンニク、あとはもう僕には判別のつかない薫りが渾然一体となって魅了してくる。

ひとくち味わう。

「濃い」

思わずつぶやく。僕の声が聞こえたらしく、

「そう。今回はあえて濃い目のラッサムにしてみた。レストランに行くとこれくらい濃いのが最近の定番かな」

坂下さんが簡単に説明してくれる。

「ご飯くださーい」

誰かがおどけて手をあげる。

「だろ？　単品で味わうには少し強すぎるんだけど、ライスやカレーと合わせて食べるとよく馴染む。で、ここからがみんなに取り組んでもらう課題の説明」

楽しげにラッサムを味わっていたクラスの雰囲気が一瞬にして変わる。さっと全員の視

線が坂下さんに集中する。中村も西野さんも軽口を叩かず、しっかりと課題の内容を聞いている。

「今回はタームの終わりに班ごとに実際のミールスを作ってもらおうと思う。プレゼン後には僕だけじゃなくて、みんなで試食する時間も設けるからお楽しみに」

ざわめきが広がる。これだけたくさんの人に食べてもらう機会は、中々あるものじゃない。

「そして！」

坂下さんが声を張り上げて一呼吸を置く。みんな真剣な面持ちで前を見る。

「その時に優秀作品を決めて、その班のメンバーは『スパイスグランプリ』にうちの学校の代表として出てもらおうと思う」

一瞬の静寂。

そして爆発するようなどよめきと歓声が講義室に溢れかえった。スパイスグランプリ。数年前から開催されるようになったカレーのイベントで、毎年テレビでも取り上げられるから僕でも知っている。ここで話題になったカレーや作り手は瞬く間に大人気になっている。去年優勝したキーマカレーの専門店はいまだに行列が絶えないと聞く。そんなすごい大会にこのクラスから出られるなんて、知り合いがテレビに出るくらいすごい。たとえうちの班が選ばれなくても絶対に応援に行こう。

「すごいな」

そう中村にささやいたら返事がなかった。中村の顔を見てはっとした。まっすぐに前を、坂下さんのさらに向こうを見ているような強い表情だった。

中村だけじゃない。みんな、驚いたり笑いあったりしながら「絶対に勝つ」という決意がみなぎっていた。キュッと身が引き締まった。

そうか。

ここにいるみんなは本気で何かに取り組もうとしているんだ。

知っているつもりだったけれど、僕の決意とは全然違う何かがみんなの芯の部分にはすでにあるのだと突きつけられた。

朝9時から始まった講義が終わったのは13時を過ぎていた。ラッサムの試食のあとは、サンバルという、豆と野菜をスパイスとともに煮込んだスープについての講義。季節ごとにどの野菜を使うべきか、豆の煮込み方は、ラッサムとの関係は……なんて次から次へとボリューム満点の情報が坂下さんの実演とともに投下された。詰め込まれた情報に脳がくらくらする。

初めは、講義が週1回というのは少ないんじゃないかと思っていたけど、とんでもない。もらった情報を消化して、家で試してみるだけで1週間はすぐにたつに違いない。僕だけじゃなくて、ほとんどの生徒がヘロヘロになっていた。

西野さんが大きく、うーんと言って体を伸ばした。

「で、究極のミールスってなにすれば良いのー⁇」

坂下さんが出した今回の課題は「究極のミールス」を作ることだった。「別に豪華な材料や産地に特別にこだわる必要はないよ。君たちの考えたミールスを班ごとに作ってプレゼンしてもらう。何を『究極』と考えるかはみんなに任せるから」そう言うと坂下さんは爽やかに笑って講義室を出て行った。

「ミールスってどこまで作ればいいんですかね？」

成宮さんが僕に聞く。

「どこまでって？　量のこと？」

「違う。ミールスって一口に言ったっていろんな形式があるんだよ。うん、一般的にはラッサム、サンバル、カレー数種類、ライス、アチャール、あとパパドものっているよね。どうせ知らないんだろうけど、パパドっていうのは豆をベースにした薄いクラッカーだから。うん、確かに、組み合わせを考えることも今回の課題に含まれているのかもしれないね」

瀬川さんが僕に対しては薄い唇の端を上げながら呆れたように言い、成宮さんには笑顔で答える。忙しそうだ。

「なぁ……。ちょっといいかな」

中村が珍しく神妙な顔で発言する。

心配事があるのかと僕も真面目にうなずく。

「どうした？」

中村はうつむきながらお腹を押さえ、すぐには僕の問いかけに反応しなかった。具合が悪いのだろうか。

「中村？」

「大丈夫ですか？」

中村の様子に気づいた成宮さんも心配そうに顔を曇らせる。さすがの西野さんと瀬川さんもどうした？　というように話を止めて僕らを気遣う。

「中村？　大丈夫か？」

二度目の問いかけに、ようやく顔をあげた中村は苦しげに表情をゆがめて、息も絶え絶えにつぶやいた。

「とりあえず、食いながら話さない？　もう腹減って何にも考えられる気がしない」

中村のお腹が盛大にグゥォーと大きな音を立てる。

八重洲《やえす》にあるインドカレーレストランにお昼のピークを過ぎたタイミングでついた。並ばずに入れたけれど中は活気にあふれていた。

「とりあえずみんなミールスでいいよね？　ベジとノンベジどっちがいい？　あと、ここのラッシーはオススメだよ」

瀬川さんがキビキビと注文をまとめてくれる。ベジが野菜。ノンベジは肉入り。どちらもおいしそうだけど自分でもよく作るノンベジにした。わずかでも学べるきっかけを逃したくなかった。

注文がひと段落すると周囲のざわめきに耳をすませてみた。ランチタイムのざわめきは心地よい。お客さんが笑顔で会話を楽しみながら、運ばれてくる料理に舌鼓を打つ。料理に対する歓声も時折上がる。幸せな空間だなと思う。

会社勤めをしていた時は、昼のランチタイムはほとんど社内のカフェでテイクアウトしていたから、こんな風にゆっくりと周囲の様子を見ることなんてなかった。同じ一時間でも、パソコンを見ながらおにぎりをかじるのと、華やかな薫りと言葉に包まれて過ごすのでは刻まれるものが全然違う。あの頃は、少しでも仕事につながる情報を集めていることが必要だと思っていた。それが僕にとって一番有意義なことに思えた。

でも。

今振り返ってみると、あの時間に何を求め、何を得たのか少しも思い出せなかった。

斜め向かいのテーブルから大きな歓声が上がる。出来立ての皿がちょうど運ばれたらしい。誰もが目の前の食べ物に集中して笑いあっている。

それは、遅咲きの桜が咲いていた間借りカレーの初日の活気を思い出させてくれた。知り合い同士が多かったから普通のレストランとはちょっと違った雰囲気だったけれど、みんなが美味しいものを求めてきている特別な空気感は、あのときも漂っていた。お客さんの歓声が厨房まで聞こえてきたときの、忙しさが吹き飛ぶ充足感はやっぱり忘れられない。

「いいお店だね」

僕がそうつぶやいたら、中村と瀬川さんが同時に相好を崩した。

「だろぉー」

全く同じタイミングでそう口にして、お互い、なんでお前が言うんだよと言いたげに顔をしかめる。全然似ていないのにそっくりな二人だと思った。

「なんか二人って似てるね」

ついそう口にしたら、全く同じような目つきで二人から睨まれた。


「ワダおいし」

ミールスとは別に中村が注文したワダが運ばれてきた。ワダは豆のペーストを油で揚げたものだそうだ。見た目は小さな揚げドーナツといった感じだ。西野さんがさっそく頬張る。両手にワダを持った姿は小動物のように可愛らしい。

「なるちゃん、熱いうちに食べたほうがいいよ。これさっくさくだよ」

「じゃあいただきます」

「俺も〜」

成宮さん、中村に続いて僕も手を伸ばす。小さなドーナツのような形をしているワダをさっくりと手でふたつに割る。ふんわりと湯気があがる。優しく薫るのはコリアンダーだろう。ひと口かじる。

「うわー。うまい」

サクッと軽い味わいで、ドーナツ状の見た目に反して塩気が効いている。揚げたてだからそのままで十分味わえるし、カレーに添えて食べても間違いなく美味しいだろう。

「だろ？　これならいくら食べても太らない気がするから、ドーナツより罪悪感が薄いしハマってんだよ」

「ミールスにワダを添えるのは確かにいいかもしれない」

「それ究極的にあたしの好みかも」

「揚げ物だから、いくら食べてもってことはないと思いますよ……」

成宮さんが心配そうに中村を見る。

「大丈夫だって！　中村っち体がでかいんだからいっぱい食べたって影響は小さいでしょ。ねぇ、最後の一個みんなで分けようよ」

西野さんがお皿に残っていた一つを四つに分けて配ってくれる。うまい。ん？　四つ？

すっと、僕の隣に誰かが立った。

トイレに行っていた瀬川さんだった。

「おい、俺のは？」

「あ……」すっかり食べてしまった僕がつぶやく。

「……」口の中に放り込んだ瞬間の中村がもぐもぐと無言で顔を上げる。

「あ……」そう言って、手に持っていたワダの残りを西野さんがあわてて食べる。

「あ……」持っていたワダを成宮さんがそっと元のお皿に戻す。

ふーっと、大きくため息をついて瀬川さんが首をふる。

「成宮さん、いいよ食べて」

「でも……」

自分だけの失態のように成宮さんがシュンとする。

「その代わり、後でベジのミールスちょっとちょうだいよ。試してみたいんだ」

瀬川さんが柔和な笑みを浮かべて成宮さんを覗き込むように見る。

「もちろん」

そう成宮さんがうなずいたら、

「や〜、なんか瀬川さんヤラシー」と、西野さんが囃《はや》し立てる。

「な、どこがだよ！　シェアとか普通だろ」

「じゃあ、あたしには瀬川さんのノンベジミールスちょっとちょうだいね」

小首を傾げて可愛らしく西野さんがねだる。

「なんでだよ……」

瀬川さんが弱々しく反論したけど、西野さんはにっこりと微笑んで「交渉成立ね」と嘯《うそぶ》いた。

運ばれてきたミールスは、どれから手をつけようと悩んでしまうくらい盛りだくさんだった。瀬川さんがすらすらと解説してくれたところによると、サンバル、ラッサム、マトンカレー、エビカレー、ヨーグルト、ライス、チャツネ。チャツネはペースト状の調味料で、好みでカレーに混ぜる薬味みたいなものだそうだ。ペパーミントと生姜をベースにした2種類がついていた。

西野さんと成宮さんのベジカレーは、エビとマトンにかわってナスとジャガイモのカレー、カリフラワーのカレーが付いていた。

瀬川さんと中村は、テーブルにしかれたバナナリーフの上のライスの周りに、カレーを全てかけていく。西野さんと成宮さんはひとつずつ味わうようにそのまま食べている。どっちにしよう。食べ出す前から優柔不断に悩んでしまったが、ひとつひとつ味わうことにした。

まずはラッサム。坂下さんのラッサムとの違いを知りたくて、記憶に残っているうちに食べてみたかった。

辛味と塩味がはっきりしていて酸味はもっと柔らかかった。砂糖の甘さが効いているのだろうか。あとはダルが濃厚で、スープというよりもカレーとしてご飯にかけても違和感がない美味しさだった。

そのままの勢いで次々に食べてみる。考える前にスプーンがどんどん動いてしまう。マトンカレーはしっかりとした辛味が効いていてあとをひく。きりりとした辛さと肉の相性が抜群で、マトンの臭みは全く感じない。フレッシュなチリの薫りにのった香ばしい肉の薫り。この薫りだけでご飯が進む。

そしてエビカレーを一口食べる。エビの旨味がギュッとつまっていて一気に口の中が肉からシーフードに入れ替わる。ほのかに感じる苦味が、味に深みを加えている。

「なんだろうこれ?」

僕がそう言うと、中村がすぐに反応した。

「このエビにいる苦味だろ? なんか知ってるんだよ。でも出てこないんだよな」

瀬川さんもエビを一口食べて少し目を閉じた。

「カロンジじゃないか」

「おぉ!! それだよ、この苦味。カロンジって砕くと人参みたいな薫りがするって聞いて、そりゃ面白いなって思ってさ、前に知り合いの店で、試しに生で食べさせてもらったんだよ。苦くてまずかった」

「スパイス単品じゃそうだろう」

呆れたように瀬川さんが笑った。

「でも、スパイス試させてくれるなんて面白い店だな。どこ？」

中村と瀬川さんが店の話に移っていく中で、僕は教えてもらったスパイスの名前をかみしめていた。カロンジ。ブラッククミン、タマネギ・シードなんて呼ばれることもある小さな黒い種のスパイスだ。聞いたことはあったけど、きっと僕だけじゃたどり着けなかった。心にこの味をとどめるようにもう一口。見つけたスパイスを味わう。

そしてもう一口。

まちがいなく、この美味しさの奥にはスパイスが活きている。「美味しい」の理由を探していくのは何て難しいんだろう。

「あたしも食べたい！　苦味の効かせ方って難しいよね」

ベジカレー組の西野さんと成宮さんにもエビカレーを分けると、二人もゆっくりと美味しさの奥を探るように黙々と味わう。二口ほど食べた成宮さんが思いついたように、エビカレーをバナナリーフの上に少し広げてから食べる。目を輝かせて顔を上げる。

「チャツネとヨーグルトを少しずつかけて食べるとまた味わいが変わりますよ」

「お！　本当だ。いいバランスじゃん」

「このチャツネはペパーミントか」

「これってココナッツ入ってるのかなぁー？」

みんなが口々にカレーとスパイスの森に分けいっていく。美味しさの秘密を探っていくのは本当に難しい。完璧な答えにはきっとどれだけ時間をかけてもたどり着けない。見つけたと思った答えをもう一度再現できるかというと、それも難しいだろう。

でも、誰かと一緒に、自分だけでは絶対にたどり着けない「美味しい」の理由を見つけていくのは、何て楽しいんだろう。

目の前でワイワイと言い合う班のメンバーたちは、個性的で何の共通点もなさそうに見えるけど、美味しいものが好きでその秘密を探りたいという、何よりも大切な思いをみんなが同じように持っている。

「ねぇ、究極のミールス作り頑張ろうね」

僕がそう言うと「なに急に」と言ってみんなが笑った。

# 第6話　7月、夕暮れビールと家カレー

　僕の部屋の狭いキッチンの片隅に、申し訳程度についている小さな窓を期待せずに開くと、スーッと心地よい風が流れ込んできた。ほっと一息つく。

　キッチンに立っているだけで体感温度は40度くらいになる。さらにフル回転で鍋を火にかけているのだから気分的には50度を超えている。

「おぉ！　生きてたか？」

　冷房がきいたリビングから中村がひょっこりと顔を出す。涼しい顔をしながら、冷えたビールをうまそうに飲む。僕がさっきもらったビールなんて、もう既に煮立ってお湯になっている。

「こっちのセリフだよ。お前がカレーとサンバル練習しに来たんだろ？　なんで僕が結局作ってるんだよ」

「いやぁ、冷静に考えたら真夏に二人でキッチンに立つとか暑苦しいかと思って。俺なりの気遣いだって。オレ応援係、お前作る係。役割分担は完璧だ」

応援すらされた記憶がない。

「片付けは手伝えよ」

「手伝う手伝う。追加のビールも買ってきてやる」

明日はミールスの研究会を班のみんなで開くことになった。各自調理することになっている。僕はカレー。中村はサンバル。

「しっかし瀬川のやつ、よくこんなにレシピ作ったなぁ」

中村は瀬川さんが作ってくれたグループSNSのレシピフォルダを見ている。今回の課題に際して、まずはレシピ研究から始めることになり、各自のレシピを班の中で公開することにした。

中村と間借りカレーをやるようになってからは、きちんとレシピを作成していたけれど、それ以前はかなり適当に作っていたから、レシピと言えるものはほとんど持っていなかった。だから瀬川さんの公開してくれる情報は本当にありがたい。

ただポストするだけでなく、レシピの元となっているインド料理の特徴や、使っているスパイスごとにタグ付けされているから検索もしやすい。

「瀬川さんは本気なんだよ」

本気じゃなければ、あれだけの情報を分類して、知識として整理しようとは思わないだろう。みんな何かを得るために一生懸命だ。本当は人に簡単にシェアしたりしない情報かもしれない。でも、僕たちの予備校は知識の共有をモットーにしている。だからこそ、坂下さんも瀬川さんも惜しみなく自身の知識や経験を提供してくれる。

今のところの僕はもらうことしかできていない。

いつか、僕の考えや経験が誰かの役に立つことがあるのだろうか。

「言っとくけど、俺も本気だぞ」

中村が少しすねたように言って顔を上げる。

「知ってるよ」

中村が満足そうにうなずいた。そして、真剣な顔でじっと僕を見ると、

「とりあえず、俺は食べることから始めることにしたから。どんだけ暑くても食欲は落ちない自信があるから安心しろよ」

と、にんまり笑う。

こいつ、完全に自分で作る気ないな。

「お前の夢は『じいちゃんみたいなコックになること』だろ。暑いからって手を抜くなよ」

どうせ秋になって涼しくなってきたら「中村屋の開店だぁ」とか言って、騒がしく厨房に立つんだろう。未来が見えたと確信できるくらい具体的な映像が頭に浮かび、思わず笑ってしまう。当たり前だろ、楽しみにしてろよ、なんて言葉が中村から即座に返ってくる

と思っていた。

それなのに、予期していなかった静けさが部屋に満ちた。

「中村？」

顔を上げると、中村はぼんやりと僕の手元にある鍋を見つめていた。使い古した雪平《ゆきひら》鍋。鍋を振ってみるが中村は無反応だった。鍋のもっと向こう。中村の視線は僕には見えない場所をさまよっているようだった。

「中村？」

「……ん、お!?　食うか？」

2回目の問いかけにようやく反応した中村の顔には、どきりとするようなさっきの表情がかすかに残っていた。

「どうした？」

「んー？　いや、あれだ。追加のビールはどれにするかふかぁ〜く悩んでいたんだよ。君のカレーに完璧に合うものをチョイスするのも、俺の役割だからな」

ようやくいつも通りにんまりと笑うと「できたら教えろよー。ビール買いに行ってやる」と恩着せがましいことを言いながら、リビングにひっこんで行った。

「むしろ今買いに行けよ。最強に暑い今こそビールが必要だ」

「殺す気か？　夏休み中の小学生だって外に飛び出さない時間だぞ」

いつも通りの中村と軽口を交わしながら、僕はさっきの中村の表情が気になっていた。迷子になった小学生のような表情は、僕の知らない中村の時間があるんだということを思い出させた。


軽やかな電子音が流れ出した。僕のスマホからだ。

「とりあえずうちにあったレシピ本とか私のメモとか全部送ったわよ」

通話をオンにした途端、挨拶もなくいきなり本題からしゃべり出す。母さんだ。

「ありがとう。PDFとかでも大丈夫だけど、郵送した？」

「難しいこと言わないでよー！」

母親の声が電話の向こうで弾ける。元気そうだ。

「いや、別に難しいことを言ったつもりは……」

「え？　なに〜〜？」

活力溢れる母さんの声量に負けて少しスマホを耳から離すと、中村が隣で「おばさん、ん？」とささやいた。僕がうなずくと、勝手にスピーカーに切り替える。「おばさーん、中村です！　いつぞやはカレーごちそうさまでした」と大声で割って入る。

「エェ〜!!　あの中村くん??　あらー、元気ぃ？」と、こっちも更に大きな声で返してきた。近所迷惑になりそうだったのでスピーカーの音量を下げる。

「レシピありがとうございます!!　大事に使わせてもらいます!!」

「あんな年代物でよければ使って使って！　むかーし、大学のサークルの友達と作ったレシピがほとんどだから。まぁ、冒険の記録ね。あ！　そうそう、一つだけ中村くんにアイディアもらって作ったレシピがあるのよ」

「え？　なんですかね、それ」

「うふふふ。見てのお楽しみ〜」

中村と母親が楽しげに会話を始めたすきに、スマホを中村に預けてベランダの窓を開けに行く。リビング側の窓も開けたほうが、キッチンはまだ涼しくなるもしれない。

窓を開け放つと、レースのカーテンをはためかせながら風が通り抜けていく。心地よい。街路樹の影がちょうど部屋に差し込んで、木漏れ日がはらはらと揺れながら部屋の中に落ちる。影の色の濃さが夏を感じさせる。

アパートの前の道路で子供たちが駆け回っている。水鉄砲を手に水を掛け合っているようだ。ほんの一瞬だけだけど、小さな虹がかかって見えた。

キッチンから漂ってくるカレーの薫りが、僕の鼻先をかすめて外に漂っていく。僕がカレーを作っている間、彼女がよくこうして外を眺めていたことを思い出す。懐かしい。そして、素直に懐かしいと感じた自分に少し驚いた。まだ消化しきれていないと思っていたのに、いつの間にか「懐かしい」と感じる思い出に変わりつつある。

「瀬川ってやつがいて、そいつの知識が半端ないんですよ」

中村が母さんと賑やかに会話を続けている。もし、あの日、中村と再会することがなくて、予備校のみんなとも会っていなかったら、僕はここで何をしていたんだろう。流されやすい僕のことだから、何か違うことに身を委ねていたかもしれないけれど。彼女のことを穏やかに「懐かしい」と思えるまでにはなっていなかったんじゃないかな。

そういえば、彼女と別れてから家できっちりカレーを作るのは初めてだ。仕込みまではしていても、仕上げはいつも別の場所で行っていた。思っていたよりもずっと、彼女との思い出を蘇らせるのが怖かったのかもしれない。こうやって窓を開け放つと二人でいた時間が否応なしに流れ込んでくるから。

「おーい！　電話」

中村がリビングから僕に呼びかける。スマホをふっている。

「おわった？」

「おわった。いや、違う電話。かかってきた」

中村からスマホを受けとると、懐かしい彼女の名前が表示されていた。

「カレー作ってたでしょ？」

あわててベランダに出て通話ボタンを押した途端に、彼女がそう言って笑った。

「え！　なんで……？」

思わずベランダから道路を見下ろして、キョロキョロと彼女の姿を探してしまう。

「そんなところにはいませんよ」

彼女がまた電話越しに笑う。

「え!?」

思わず家の中を振り返る。ふわりとレースのカーテンが舞い上がり、光が反射して部屋の中がよく見えない。

「家の中にもいないから。今、もう空港だよ」

確かに彼女の声の向こうから、遠いざわめきとアナウンス音が聞こえてくる。すぐ目の前の道路ではしゃぐ子供たちから、ひときわ賑やかな笑い声が弾ける。本当に彼女はここにはいないんだな。

「そっか。今日出発なんだ」

「うん」

いろいろ言いたくてたまらないのにうまく言葉が出てこない。元気で、とか気をつけて、とか月並みな言葉がたくさん頭を横切っていくけど、どれも言葉にすると言い足りないし、でも全ての言葉を羅列したら、なんだか嘘くさくなってしまう気がした。あの日と同じで結局また何も言えないままになってしまう。そう思って、何か言わなきゃと焦れば焦るほど、言葉が僕の中からどんどん逃げ出していく。

電話の向こうで彼女が小さく笑った。

「さっきの種明かししてあげる」

「え？」

「カレー作っているときだけ、いつも窓を大きく開けてたじゃない」

「え？」

「外で遊んでいる子供たちの声がよく聞こえたから、きっとカレー作ってたんだなと思ったの。あとは想像。きっと、まずはアパートの前の道路に私がいるか確認して、違うとなったら部屋の中を見るかなって」

懐かしいね、彼女が小さくそうつぶやいた時に、大きな風が吹いた。外の子供たちの歓声を巻き上げて僕の部屋に風が流れ込む。白いレースのカーテンが大きくふくらんで、天井高くに舞い上がる。何度もこの部屋で笑ってくれた彼女は、もうきっとここに来ることはないのだろう。

何か言わねばと焦る中で、窓の内側にちらりと中村の姿が見えた。にんまりと笑いながらこっちに手を振って見せる。

「友達と一緒に作ってるんだ。そいつに誘われてカレーの勉強始めた」

今僕がやっていることも結局流されているだけかもしれないけれど、水に触ることもせずに川岸から誰かを眺めているよりましに違いない。そんな決意とも言えない僕のほんの少しだけ前向きな気持ちをくんでくれたように、彼女が電話の向こうで息を飲む。

「……友達いたんだ」

「……いるよ」

そんなに僕は友人がいなそうだったのか。体の力が抜けてズルズルとベランダに座り込むと、彼女のまぶしい笑い声が聞こえた。

「冗談冗談！」

冗談には聞こえなかったけどなぁ……。

「で、どう？　楽しい？」

耳元で囁くような彼女の柔らかい声が届く。

「うん。楽しいよ」

素直な自分の声にちょっと驚いた。そうか。僕は今楽しいんだな。彼女に問いかけられるまで、あまり考えたことがなかった。頭上の木がサラサラと揺れ、僕の目の前で木漏れ日が躍る。夏の光が軽やかに、そして自由に広がっている。

「よかった」

つぶやくような彼女の声の後ろで、何かのアナウンスが流れる。何を言っているのかよく聞こえなかったけれど、かすかに聞こえる彼女の動く音で、きっと彼女の乗る便の案内だろうと思った。

「時間？」

「うん」

「……えっと、じゃあ、」

僕が何を言いたいのかわからないけど何かを言いたくて言葉を引き延ばした時、彼女が割って入った。柔らかくて、でもいつも前を向いていたあの声だ。

「楽しいって大事だよ！　「松本くん、いっつも何か意味のあること探してたでしょ？　意味なんてなくてもいいの。何かの役に立とうとしなくていいの。まずはさ、楽しみなよ！　じゃあね、ずっと言いたかったの。それだけは」

僕の後ろでカーテンがふわりと揺れた。懐かしい気配がした気がしたけれど、僕はもう振り向かなかった。ようやく彼女に伝えたい言葉が見つかった。

「カレー食べに来てよ」

「え？」

彼女がまるで僕みたいな返事をした。二人同時に笑い出す。

「カレー。帰ってきたら。すごいの作って待ってるから」

「うーん」

彼女が笑いを含んだ声で返事をはぐらかす。

「いつでもいいの？」

「いつでもいいよ」

「わかった、じゃあ予約入れておいて。日本に戻るまでに行くか考えておくから」

そして、僕の返事を待たずに彼女は電話を切った。一瞬、かけ直そうかとも思ったけど、きっと彼女はもう出ないだろうなとわかっていた。


「おーい、そろそろカレー、いいんじゃないかー？」

中村がそう声をかけてくれた時には、空はほんの少しだけ夕方の気配を漂わせ始めていて、道路で遊んでいた子供たちの姿も見えなかった。

「ごめんごめん」

「つーか、俺の腹が限界です」

中村が情けない顔をしてお腹をさする。

「わかった。でも倒れる前にビール買ってきてくれ」

中村が両眉をあげて目を見開く。恐ろしいものでも見たかのようにわざとらしくよろめきながら、「お前、ほんとうに鬼だな」と恨みがましい様子で財布をつかむ。

「カレーにビール。最高だろ？」

「異論はない」

うなずいた中村は軽やかに外に駆け出していった。

中村を見送りがてらリビングのカーテンを閉めに向かうと、まだ空は十分に明るいのに、外から漂ってくる風の匂いが夜に近い夕暮れのものに変わっていた。ちらほらと灯りの燈った窓が見える。

じっと目を閉じてみる。味噌、醤油、ご飯、いろんな匂いを感じとる。それらの気配はあたたかな食卓に並ぶ美味しそうな料理を楽しげに食べているどこかの家族をイメージさせる。優しくて温かい。

だけど、一人暮らしをしていると、その優しい気配は寂しさを運んでくることもある。特に誰かと別れたあとは、ひとりぼっちなのは自分だけのような気分になる。でも、今は誰かを待つことができるというだけで、少しだけ元気が出た。

中村がビール缶をぶら下げて帰ってくると、早速ビールを開ける。

「お前、何ぼんやりしてたんだよ」

「うーん。中村がいてよかったなぁって」

中村が眉を八の字にして首をかしげる。

「おいおい、イケメン二人がこんなダラダラ家でビール飲んでていいのかね?」

僕よりも先に2本目に手を出した中村が、うまそうに目を細めてビールを飲みながら何の説得力もないことを言う。

「いいんだよ」

かすかな星の光が浮かび始めた空に目をやりながら、僕は答える。

「楽しければいいんだって」

缶をひっくり返して残ったビールを搾り出していた中村が、意外だというように顔を上げる。

「お前にしちゃ、いいこと言うな」

「だろ？　イケメン二人で夜を過ごしたって悪くないんだよ」

「どこに俺以外のイケメンいるんだよ？」

「……カレー、食べさせないからな」

「すまん！　松本くん！　君が一番のイケメンだよ」

結局、カレーを食べる前にビール3本を二人でベランダで空けた。

「はい、大盛りにしといた」

「よっしゃー。サンバルも多めに入れてくれよ」

部屋でカレーを頬張る中村は完全にいつも通りの中村で、昼間にほんの少しだけ見せた、どうしようもなく不安げな顔をした中村はとうの昔にどこかに隠れてしまっている。

「なぁ、お前のカレーの方が多くないか?」

「……一緒だよ」

電話越しの彼女の声はまっすぐで、近くにいた時よりもずっとよく聞こえた。彼女が変わったんじゃない。変わったのは僕だ。なぜならあの頃は僕が耳を塞いで聞いていたから。まっすぐな彼女の声が強すぎて、自分の中のバランスが崩れてしまうのが怖くて、いつも聞いているふりだけしてやり過ごしていた。もっとちゃんと聞いておけばという後悔はこれからどんどん溢れてくるだろう。仕方ない。ちょっとしたことでも後悔して立ち止まるのが僕だ。今ある後悔は無くせない。

「そんなに文句言うなら交換する?」

「いや! いい。お代わりする」

だけど、これからのことはまだ変えられる。

だから、中村の話を聞きたいと思った。それはきっと彼女と一緒にいた時に僕ができなかったことだ。いつも見えもしない未来を見ようとして、何か意味を見つけようとして、目の前にある時間と人をおろそかにしていた。

5月のあの朝、白いネコが僕の足を優しくなでた時。僕ははじめて今ここにいるんだという実感を持った気がする。未来でも過去でもない「ここ」。

未来の不安ばかりに目を向けていた僕と反対に、中村は過去に何かを抱えているのかもしれない。聞きたい。だけど、きっとそれは今じゃない。汗をかきながらハフハフと僕のカレーを頬張る中村が、「どうした？」と言いたげに眉を上げる。

「いや、世界は僕の知らないことばかりだなぁって思って」

「お前もとうとうスパイスの深い沼に気づいてしまったか。心中する気でしずみこむぞ」

「お前とぉ？」

「なんだ、成宮ちゃんがいいの？　浮気モン」

「いや、別にそういう意味じゃ……。いや、浮気モンってなんだよ？」

「じゃあ、西野ちゃん？　結構大変だぞぉ……」

「いや、だから……、もういいから黙って食えよ。おかわりやるから」

「大盛りね!!」

開け放したままになっていたベランダから夜風が吹き込み、カーテンの向こうにオレンジ色に輝く光の粒が見えた。

きっと明かりの数だけそこに誰かがいる。

笑って泣いて、食事をする。足早に道を歩き去っていく音も聞こえる。

誰かが待っている家に向かって帰るところなんだろうな、そう勝手に想像する。意味なんてないような毎日の中に、きっとずっと大切な思い出になるような出来事が待っている。

こいつが話す準備ができた時には、絶対に顔を背けずに聞いてやる。

# 第7話　7月、もらうことと与えること

班発表に向けての1回目の研究会の日。場所は成宮家のキッチンを借りることになった。渋谷駅から西へ伸びる私鉄沿線沿いにある、小さな落ち着いた駅からそんなに遠くない住宅街に成宮家はあった。立派な塀に囲まれた大きな家もちらほら見える中のこじんまりとして、でも決して萎縮はしていない落ち着いた雰囲気の家だった。

「どうぞ、あがってください」

成宮さんに笑顔で迎えられて、「お邪魔します」と挨拶をして用意されたスリッパに足を入れる。なんだかとても気恥ずかしかった。よその家、というものにあがるのはどれくらいぶりだろう。それこそ小学生以来かもしれない。一人暮らしの友人の部屋に行ったことはあるが、「家」とはまた違う。

「今日は両親も出かけてるので自由にキッチン使ってくださいね」

そう言われてちょっとほっとした。

玄関脇の飾り棚に小さな花のアレンジメントが飾られていた。シロツメクサとリンドウ

だろうか。とてもシンプルに飾られているのに朝露にぬれたみずみずしい空気が家を潤しているように見えた。

　成宮さんが玄関をあがってすぐの廊下の突き当たりにある扉を開ける。キッチンが見えた。キッチンの開け放たれた窓からすっと風が通り抜けていく。家はどんなに同じような姿形をしていてもその家だけの独特の匂いのようなものがある。

　成宮さんの家のキッチンの薫りはフェネグリークのような、オレンジのような、爽やかな朝を感じさせる薫りだった。大きな窓から差し込む新鮮な日差しと心地よい薫りに、早起きをした気分になり思わずつぶやく。

「すごいなぁ」

　入り口に立ったまま目を細めた僕を振り返り、成宮さんが急いで窓を閉めようとする。

「日差し、まぶしいですよね。ごめんなさい」

「あ！　ごめん。そうじゃなくて。気持ち良かっただけだから。そのままで大丈夫」

　慌てる僕に、成宮さんは「あぁ！」と納得したようにうなずく。

「このキッチンは私も大好きなんです」

　こんな気持ちが良い場所で作られた料理だったら、絶対に美味しくなる気がした。年季が入った店の厨房に立っている母さんの姿が頭をよぎり、少しだけ申し訳ない気分になった。

どんな風に話し合いをするんだろうと思っていたら、集まってきたみんなは挨拶もそこそこに調理をし始めた。瀬川さんから各自の担当料理は指示されていたけど、こんな風に自由に始まると、逆にどんなタイミングで作り始めたらいいのかわからなくなる。頼りになる中村は買い出しに出ていてまだ来ない。

成宮さんがお皿の出し始めたのをなんとなく手伝っていたら、瀬川さんが大げさにため息をついて僕をふりかえる。

「松本くんは、料理する気はないのかな?」

口元だけに無理やり笑いを浮かべようとしているようだけど、目は少しも笑っていない。

「えっと。あります」

カレー皿をダイニングテーブルに並べようと抱えたままの状態で僕がこたえると、瀬川さんは少しだけ成宮さんを気にするように僕から視線をずらす。成宮さんはキッチンの反対側で西野さんと一緒にスパイスを探している。瀬川さんは僕の方に顔を戻して目を細める。

「指示されたことしかできないんじゃ、やる気がないのと一緒だよ」

声を落として囁くような瀬川さんの言葉は、柔らかい声音のままズシンと僕の中に落ちてくる。その通りだ。指示されたこと、頼まれたこと。そんなことをやらせたら僕はきっちりやり遂げる自信がある。でも、自分で好きにやっていいとなるといつも何からやっていいのかわからなくて、せめて誰かの邪魔にはならないようにと思って隅の方で丸くなっている。それはやる気がないのと同じだ。

成宮さんに頼まれたお皿をテーブルの上に運び終えると、ここに来る前に仕込んできたカレーの材料を取り出し、成宮さんに声をかける。

「あの、カレーの仕上げに、鍋とコンロ借りてもいいですか？」

バスケットに入れた大量のスパイスをダイニングテーブルに並べていた成宮さんが、

「わぁ！　仕込み終えてきてるんですね」

と、僕が鞄から出した容器をのぞき込む。そして、ダイニングテーブルに並べたスパイスを見て思い出したように、

「よかったら私と一緒に仕上げしませんか？　前期のタームで習ったスパイスの薫りの立て方で。ノートだけじゃよくわからないと思うので」

とんでもなく嬉しい申し出だった。

成宮さんの後ろに見える瀬川さんの背中が、間違いなく固まった。

成宮さんに教えてもらいながら仕上げの最終段階にはいる。

「パウダースパイスを使うときも、ホールスパイスを炒ってからミルでパウダーにすると

薫りが違うんです。今回は私がさっき作ったものを使いますね。まずはマスタードシードから。はねるんで気をつけてくださいね。次にホールチリ、カレーリーフ、ニンニク、生姜を入れます。蓋をして、そう、そんな感じで鍋を回して油としっかり絡めてください。焦がさないように注意です。油は足りなかったら足しても大丈夫ですよ。うん、落ち着いてきたんで、蓋とってみましょうか」

押さえていた鍋蓋をあげた途端に、ブワッとスパイスの薫りがキッチンに広がっていく。明らかに僕の作るものと立ち上る薫りの質が違う。

「こんなに違うんだ」

今日ここで教わったことを忘れないように、何度も頭の中でシミュレーションする。

「小さなことなんですけど。薫りが全然変わりますよね。あとでノートのコピーも渡しますね」

「助かります」

「あとはやっぱり、中村さんがもってきてくれたスパイスがすごくいいですね」

確かに。サンバル担当を放棄した中村はバナナリーフ担当に自ら立候補して、新大久保まで買いに走った。帰ってきたときには山ほどのスパイスを抱えていた。こんなに買ってどうするんだよ、と瀬川さんが顔をしかめると「まあ、いいから試してみろよ」と意地が悪そうな笑みをニヤリと浮かべて僕らに勧めてきた。

実際に作ってみて違いはすぐにわかった。

薫りだけじゃなくて味がしまる。

「いつも何か足りないな、と思うと砂糖と塩でごまかしてたのに。今日は全然大丈夫です」

「わかる」

瀬川さんも「どこで買ったんだよ」と、教えてほしそうにぼそりとつぶやく。

こんな秘密の仕入先を隠し持っていたのかと中村に言うと、

「いや、間借りの時もお願いしようと思ってたら、スパイス採取の旅に行くとかで休みだったんだよ。お詫びにって、カレーリーフは鉢ごとくれたぞ」

乾燥ものしか見たことがなかったから、やっぱり生葉は鮮やかさが違う。つやつやと輝く葉は見た目より柔らかい。

「成宮家で育ててやってよ。名前もあるから。7班のだから菜々子《なな こ》って呼んでやって」とダイニングテーブルに置かれたカレーリーフを振り向く。

「はい。菜々子さん、本番の時に使えるように大事に育てますね」

このキッチンだったら広々としていて風通しもとてもいいから、のびのびとした綺麗なリーフが育ちそうな気がする。中村はここに着くなり「俺の部屋より広いよ。ここに住んでもいいかな」と真顔で言って成宮さんを困らせていた。

「どいてー」

西野さんがダイニングテーブルで一休みしている中村の後ろをすり抜ける。「もう、ジャマー！」と、怒ったように中村に言いながらバナナリーフをテーブルの上に広げ、作りたての西野さん特製アチャールの配置に悩み始めた。

今日は朝から西野さんの声をほとんど聞いていなかった。スパイスを探していたとき以外は成宮さんとおしゃべりをすることもなく、瀬川さんをからかうこともない。黙々とスパイスと向き合いながら調理を続けていた。

彼女のアチャールの色味の美しさは格別だった。

野菜の特性をきちんと把握しているんだろう。野菜が持つ一番みずみずしい色味を最大限に引き出している。特に人参は、ぎゅっと赤い宝石を絞ってひたしたかのようにツヤのある鮮やかさだ。そこにみずみずしいディルの葉が散らされている。芽吹いたばかりのような柔らかなディルが加わり、そのまま飾っておきたくなるようなアチャールだ。

「食べる？」

僕の視線に気づいた西野さんが顔を上げて人参のアチャールを指す。意地汚いかとも思ったけれど、好奇心に負けてちょっと味見させてもらう。

「甘い」

僕の表情を見て西野さんが満足そうにうなずくと、取り寄せた京野菜を使っているのだと教えてくれた。

「お砂糖は使ってないんだからね」

形の良い鼻をツンと上に向けるようにして自慢げに笑うと、すぐに真剣な顔で盛り付けに戻る。坂下さんが言っていたみたいに、彩りや盛り付けはそのまま食欲にもつながるため息がでる。素材を活かすというのはこういうことを言うのかと。

ほんの少しだけ振られたレモンが人参の鮮やかさを引き出し、キュッとしまった甘味を存分に際立たせている。ディルの緑はもちろん人参の色味を引き立てるのにも役立っているけど、それ以上に柔らかなすっきりとした薫りが人参そのものの薫りをさらに芳醇にしている。

「すごいなぁ」

それしか言えない語彙《ごい》の貧弱さが悲しいけれど、無理して言葉に変換する必要もないかと自分を納得させる。

「本当にすごいですよね。西野さんの作るものを見るといつも『愛《め》でる』、って言葉が頭に浮かぶんです」

成宮さんが鍋の中を軽く混ぜながらにこにこと笑う。「愛でる」と成宮さんの言葉を反芻してみると、とてもしっくりきた。花鳥風月への思いを語る言葉だと思っていたけれど、料理は花のように楽しむこともできるのか。

「松本くんはこの学校に入れてよかったね」

僕と成宮さんの隣で真剣な顔でラッサムを作っていた瀬川さんが、ほんの一瞬だけ僕の方を見て、すぐに目をそらすように顔を戻して淡々と言った。

「はい。本当にそう思ってます」

僕が力強くうなずくと、瀬川さんは呆れたように大きくため息をついた。

「俺たちも同じく学ぶためにここにきているんだけどさ、」

瀬川さんが少し火力を調整するように鍋底を覗き込みながら続ける。

「君からは何が学べるわけ？」

とうとう突きつけられた、と思った。それは僕がずっと見ないようにしようと思っていたことだった。予期していたとはいえ、もちろん反論する言葉は僕の中にはなくて、言葉を探すふりをして鍋に目を落とす。

「まぁ、期待してはいないから安心してよ」

瀬川さんが薄い笑いを浮かべると、見かねたように成宮さんが割って入る。

「あの。それは私も同じですよ。特に前期は本当にみなさんからたくさんのことを教えてもらいました」

瀬川さんが小さく首をふって、いつもよりも真剣な顔で僕と瀬川さんを見つめる成宮さんを諭すように言う。

「成宮さんはもっと自信を持っていいと思うよ。スパイスだって誰よりも華のある薫りを立てられる。ただ習っただけじゃこうはならないよ」

つい僕も力強く同意する。

「うん。僕もそう思う。すごいよ！」

そんなそんな、と言いながら成宮さんが両手を顔の前で大きくふって、困ったように目を泳がす。その様子を見て、瀬川さんも表情を柔らかくし、天井を仰ぐようにして小さく息を吐くと、僕に向き直って先ほどまでよりはずっと穏やかな声で言った。

「とにかく。俺はさ、もう一度出合いたい味を見つけるためにここに通ってるんだよ」

もう一度出合いたい味？　瀬川さんがそこまで言う味っていったいどんなものだろう。詳しく聞きたくなったけど、瀬川さんは照れたように僕から顔を背けると、早口で続けた。

「だから、自分に足りないものを盗んでやるくらいの気持ちで来ている。その代わり、俺が持っているものは知識も経験も出し惜しみしないつもり。君もみんなに何が与えられるのかしっかり考えてよ」

「はい」

僕がうなずくのを見て、瀬川さんは話は終わったというようにラッサムの鍋に向き直った。

「あの、」

成宮さんが少し硬い声で瀬川さんを引き止める。

「実は私も聞きたいことがあります」

「ん、なに？」

瀬川さんが柔和な笑顔を成宮さんに向けると、成宮さんは少しだけ唇を噛んでから意を決したように、少し震えた声で続けた。

「あの魚、」

瀬川さんは、「あぁ」とうなずいて、

「あぁ、鯖《さば》だよ。フィッシュラッサム。意外と短時間で作れるんだよ」

と、ラッサムの説明を続けようとしたが、そこに成宮さんの硬い声がかぶさった。

「ずっとあのままなんですか？」

つい、僕も深くうなずいてしまう。

「え？」

瀬川さんは成宮さんの発言の意図がわからないようで、不思議そうに首をかしげる。成宮さんがじっとラッサムの鍋を見たまま、魚を指差す。鍋からにょっきりと飛び出した数匹の魚の頭が奇怪だった。

「実はさっきから目があう気がして……」

成宮さんの声が大きくなる。

「ずっと、あのままなんですか!?」

ほとんど叫んでいる。

「えっと。とるよ。とる。大丈夫」

瀬川さんは、思いがけない強い言葉に動揺したように、声が少し裏返ったまま必死で答える。成宮さんは、「盛り付ける時はその魚いなくなるんですよね？」と心配そうに何度も確認し続けていた。

料理は本当に奥が深い。


動揺した成宮さんを瀬川さんが一生懸命なだめている間、ラッサム用の仕上げのスパイスは僕が引き継ぐことになった。成宮さんから教わったばかりの手順でスパイスを炒って、ミルで挽《ひ》く。粗《あら》さの加減がわからずに恐る恐るミルを回していたら、

「お兄さん、お兄さん、随分慎重じゃありませんか？」

おどけた口調で中村が僕の手元をのぞき込む。

「仕上げで手を抜くわけにはいかないだろ」

「俺はお前から学ぶことが多いけどな。気づかない方が悪いんじゃないか」

僕の言葉を聞き流して、中村がこともなげに言う。

穏やかなその声の裏に、きっと僕をからかうための笑いを隠しているんだろうと思って、ミルから顔を上げると、じっと中村が僕を見つめていた。思いの外に真面目な顔をしていた。

「昔の話だろ?」

「今もだよ」

そう言って目を細めると、

「ま、自分で自分の長所に気づくのも大事だな」

穏やかにつぶやくと僕に背を向けて、ダイニングテーブルの反対側に歩いて行った。

なんだよ、と茶化してみようとしたのに、なんだかわからない感情が胸中でわき上がるのを感じて、声を出したら泣きそうな気がした。手を洗うふりをして、ダイニングテーブルを離れレンジのそばの窓を開ける。空がまぶしい。風と一緒に空が飛び込んできそうだった。


「すみません、取り乱しちゃって」

「大丈夫大丈夫」

立ち直った成宮さんに柔和な笑顔を向けつつ、

「あれ？　俺のバナナ誰か使った？」

瀬川さんは疑わしそうにダイニングテーブルを振り返り、僕と西野さんに確認する。

「いや、僕じゃないですよ」

「あたしでもないよ！」

西野さんも真剣な顔でバナナリーフを吟味しながらこたえる。

「でも、犯人知ってる」

そう言って、中村を指差す。中村はあわてて口の中に何かを押し込んでいる。中村の前に置かれているのは明らかにバナナの皮だった。

「あー！　今食べたよね。どうするんだよ。ラッサム」

「あちみついれおよ」

「蜂蜜じゃレシピ通りにならないんだよ」

「何言ってんのかよくわかるわね」

西野さんが感心したように顔を上げてうなずく。

「あの、まだバナナありますから」

「なるちゃん、ほっときなよ。そろそろパパド準備する？　悪いんだけどあたしちょっと手が離せないから任せていい？」

瀬川さんと中村のやり取りを無視して、西野さんはバナナリーフの上にアチャールとチャツネを置きながら、まるで絵を描くように色の配置を真剣な顔で考えている。でも決して手際が悪いわけではなく、西野さんにしか見えない絵が目の前にあって、それをなぞるかのように迷いなく配置していく。

成宮さんが手早く鍋を用意し始めた。パパド。この前食べたミールスに添えられていた軽い塩気のある煎餅《せんべい》のことだ。家で作れることに驚きつつ、どうしても試してみたくなった。

「あの！　僕にもやらせてもらえないですか？」

「もちろん」

成宮さんがニッコリと微笑んでうなずく。瀬川さんが少しだけうらやましそうに僕を見たけれど、今度は何も言われなかった。盗んでやるくらいの気持ち。瀬川さんはそう言っていた。僕もいろんなことを見て経験しないと。誰かに何かを与えられるのはそれからだ。

厚めの餃子の皮というか薄いパンというか、揚げる前のパパドはしんなりと柔らかい。それをゆっくりと1枚ずつ揚げていく。しゅわっと軽い音とともにパパドがあっという間に膨らんでいく。同時に香ばしい薫りが立ち上り食欲を刺激し、みるみるほんのりとしたキツネ色になっていく。

「うん。そんな感じで大丈夫ですよ。そう、それくらい色がついたらすぐ油からあげてください」

隣で成宮さんが細かくタイミングを教えてくれる。教えてもらった通りのタイミングであげようと思っていたのに、瞬く間に香ばしい薫りは焦げ臭いものに変わり、僕が鍋から引き揚げたパパドは幾分茶色い色味になってしまっていた。

「うわぁ。難しいな」

「慣れたら簡単ですよ」

ふふ、と成宮さんが微笑んで、「失敗したやつは捨てちゃって大丈夫ですよ」と、僕があげたばかりのパパドを指差す。やっぱり失敗なんだな……と、心の中でがっかりしつつ、次こそはともう1枚手に取る。

しゅわっと泡が広がる。香ばしい匂いが立ち上る。少し早いかな、と思うくらいで今度は引き揚げた。ほんのりと色づいてカリッと揚がったように思えた。

「うん。完璧ですね」

成宮さんもうなずいてくれる。

その横で瀬川さんと中村がいつの間にか今回の経費を計算し始めている。「趣味だけで作るミールスは究極なわけがない」と瀬川さんが少し渋い顔をする。

「カレー班は悪くないけど、バナナリーフ担当者。ちょっと高いんじゃないか？」

「しょうがないだろ、500gからしか買えなかったんだから。お前の鯖のほうが高くないか？」

「俺はちゃんと朝一で市場に行って仕入れてきてるんだよ」

「なんで1kgも買うんだよ」

こんな風にみんなで料理をするのは初めてだった。なんだかやっていることはみんなバラバラで、油断すると用意した材料がどこに行ったのかわからなくなることもあるけど、お互いが味見をして、味を付け加えたりしているうちに、自分だけで作るものとは全然別の味になっていく。使っているスパイスは変わらないのに、いつの間にか新鮮な味が生まれている。

バラバラの要素が少しずつ溶け合うとこんなに面白いんだ。

うっかり笑いが漏れてしまったら、

「楽しそうですね」

と、成宮さんに笑われる。一人でニヤついていたのを見られたのはさすがに恥ずかしくて、慌てて表情を作り直そうとしたら、

「私も」

にっこりと成宮さんが微笑んで「楽しいです」と歌うように朗らかにささやいた。

「私はみんなと違って何か具体的な目標があるわけじゃないから、こうやってワイワイ料理を作って食べるだけでも十分なんです。私が作ったものを食べてくれる人がいるだけでも嬉しい。誰かが美味しいって言って食べてくれることほど、作りがいがあることってな

いな」

初めて彼女が僕と中村の間借りカレーを食べに来てくれた日のことを思い出した。遅咲きの山桜を髪につけて現れた彼女が運んでくれたものは、これだったんだな。

心地よい音と薫りが満ちたこの場所にいるだけで、浮き立つようなソワソワとした気持ちがあふれて来る。小学生の時の、夏休み前の終業式が終わった瞬間のようなあの特別な気持ち。

「うん、楽しいよね」

僕も目一杯大きくうなずいた。

揚げたてのパパドを、そっと壊れないように皿に移した。

# 第8話　8月、僕とカレーのオリジナリティ

「あれ？　松本？」

2回目の講義に向かう途中、ビルのロビーにあるお洒落カフェを通りかかった時、誰かが僕を呼び止めた。オープンテラスになっている席で、優雅にお茶をしている女性グループの一人が大きく手を振る。

「あ」

「やっぱ松本だー」

サバサバとした笑顔を僕に向けているのは、前の会社の同期の女の子だった。同期と言っても部署が違ったから、ここ最近はあまり連絡をとることもなくなっていた。駆け足で寄ってきた彼女は僕の目の前に来るなり、唇を尖らせた。

「会社辞めたんだって？　聞いてないよ。送別会もできなかったじゃん」

「ごめんごめん。なんか急に決めちゃって。引き継ぎとかで忙しくて」

「冷たいなぁ」

眉をひそめながら、それでも好奇心が抑えられないように目を細めて彼女は囁いた。

「転職？　ほら、松本、B社の人と仲よかったし」

「違う違う」

僕が即座に否定すると、彼女は「なんだ、違うの」と明らかにつまらなそうな顔をした。B社は僕が前に勤めていた会社の同業他社。情報交流会なんかで付き合いがあったから誤解されたらしい。

「期待に添えず悪い」

「ふーん。じゃあ、何してるの？」

長い髪を指先でいじりながら彼女がじっと僕を見る。

「何って……、うんと、ちょっと勉強」

「勉強？　何の？　会計士とか？」

それほど僕に興味があるわけじゃないだろうけれど、会社を辞めた同期のその後がどんな風に広まるか僕にも想像できる。飲み会やカフェテリアで他の同期と会った時に、さりげない風を装って、彼女が「そういえばさぁ、知ってる？」と話し出すのが目に見える。

ごまかそうかな。

そう思った時、何となくこの目の前の、僕とさして付き合いのない彼女のコメントを聞いてみたくなった。僕がやろうとしていることはどんな風に見えるのか。

「ううん。料理」

「料理!?」

素《す》っ頓狂《とんきょう》な声で彼女が叫ぶ。大きな目をまん丸にしてじっと僕を見る。本気で驚いているようだ。

「……そんなに変?」

「あぁー、変っていうか……。松本ってそういう感じなかったから」

「そういう?」

「うーん、なんかこう自分で何かをやるっていうか。創り出すっていうか……」

「あぁ、つまり……、」

僕は彼女に気付かれないように唾を飲み込みながら、できるだけ軽い声音で問いかけてみた。

「オリジナリティがないってこと?」

「エェ～、私はそこまで言ってないよぉ」

おかしそうに笑う彼女に僕も冗談だというように笑って見せた。

笑顔で手を振って彼女と別れて授業に向かう間も、僕はずっと考えていた。

この前、成宮家でみんなで集まって料理を作った時に言われた一言が、やっぱり気になっていた。

「とりあえず4種類のミールスに仕上げてみました」

にこやかに西野さんが微笑んで、美しく仕上げられた盛り付けを両手を広げてしめす。

僕のバターチキンカレー、枝豆入りキーマカレー、サンバル。

成宮さんのココナッツシュリンプカレー、豆カレー。

西野さんの金柑《きんかん》のアチャール、ナスとトマトのペースト、ひよこ豆のライタ（サラダ）。

瀬川さんのフィッシュラッサム、トマトラッサム。

中村のバナナリーフとペパーミントソース（どちらも市販品）。

西野さんがそれらを絶妙な組み合わせに分けて4種類のミールスに仕上げてくれた。

「なぁんだ。一人分ずつミールス分けてくれなかったのか」

瀬川さんが取り皿を持ったまま薄く笑う。

西野さんはにっこり笑って言いかえす。

「え？　あるよ四人分。瀬川さんはそのへんで立って見ててよ。素人くさいうちらの食事風景を」

「え……」

瀬川さんが慌てる。そこに今のやり取りを知らない成宮さんが、西野さんに呼ばれるまま席に着き、

「うわーすごい。こんなに綺麗に盛り付けてくれるなんて」

と目を輝かせる。

「でしょー？　ありがとう。別に無理にとは言わないけど、お礼を言われるとあたしも嬉しい」

西野さんは両手を胸の前であわせてにこりと微笑むと「あ、ほらふたりも早く座んなよー」と僕と中村に笑いかける。

その笑顔を受けて中村は悪びれることなく、

「悪いな。あとで感想は教えてやるから」

と瀬川さんの肩をたたくと席に着く。

僕も動こうとしたらがっしりと瀬川さんに腕を掴まれた。

「……まさか、君も行く気じゃないよね」

「えっと……」

ちらりと西野さんを見る。

天使の笑顔で成宮さんと食卓の準備をしている。僕の視線に気づいて顔を上げると、小さく何かつぶやいた。僕と瀬川さんが首をかしげると、西野さんはもう一度ゆっくりと口を動かした。

「あ、えっと……とりあえず……、『土下座』って言っているみたいですよ」

ことのは文庫
NEW BOOK IN JUNE
# 6月の新刊

## レーベル創刊2周年！

大人気あやかしファンタジー第5弾！

「わが家は幽世の
貸本屋さん
—残月の告白と
妖しい秘めごと—」

著◆忍丸　装画◆六七質
価格＊770円（本体700円＋税⑩）

青春と恋の薫りをのせた、
極上のスパイスカレーを召し上がれ。

「ネコと
カレーライス
スパイスと秘密のしっぽ」

著◆藤野ふじの　装画◆ふすい
価格＊759円（本体690円＋税⑩）

青ざめた瀬川さんの様子に気づいた成宮さんの取りなしで、ようやくみんなで食卓につくことができた。

「それぞれの組み合わせは、ベジ、ノンベジ、季節感、彩り重視で分けてみたんだ」

西野さんが4つのミールスの主題を説明してくれる。彩り重視といったところで瀬川さんが薄く笑うが、西野さんが大きな瞳でじっと瀬川さんを見つめると慌てて顔を伏せて、小皿に取ったカレーを食べ始める。

まずは季節感のミールスの中の成宮さんのシュリンプカレーを取り、感心したように瀬川さんがうなずく。

「豆乳使った？」

「わかります？」

成宮さんが恥ずかしそうにこたえる。

「わかる。わかるっていうからうまく調和してるよ。さすがだね」

「うまい!!」

中村が瀬川さんの声をかき消すくらいの叫ぶような大声で言う。

「うまいよ。しっかり甘みもあるのに重すぎないから今の季節にちょうどいいじゃん。何？　何入れてるの？」

成宮さんごと食べるんじゃないかっていう中村の勢いにちょっと苦笑しつつも、成宮さんが嬉しそうにこたえる。

「バターを使わないで、豆乳と蜂蜜を入れたからちょっと軽くなっているんだと思います。よかった、みんなの口にあって」

「あうあう」

「あうあう」

瀬川さんと中村が同時にこたえる。

なんだかんだ気があうのかもしれない。

確かに。この前、お店で食べたシュリンプカレーも美味しかったけど少し重さはあった。暑くなってくると軽いテイストが欲しくなる。

「季節感のミールスってこういうことかぁ」

西野さんが嬉しそうに僕にうなずいた。

「そ。食材だけじゃなくて食感も、結構季節によって求めるもの変わるでしょ」

なるほど、僕以外のみんなも食べながらうなずく。そのままみんな、僕のチキンカレーに手を伸ばす。

「うん、よくスパイス薫っていますよ」

成宮さんが微笑む。

「からーい！　でも美味しい。夏だよ夏」

「お！　これこれ、この味だよ。しかも薫りがバージョンアップしてるじゃん」

「ありがとう。成宮さんにスパイスの炒り方とか仕上げを教えてもらったから」

自分で食べても違いがわかる。口に入れた瞬間にブワッとスパイスが広がっていく。

瀬川さんがつぶやく。

「うん。……悪くはない」

瀬川さんは語尾を濁すように言って、もう一口食べた。何かを探すような顔で咀嚼《そしゃく》して、少し考えるように首をかしげた。

「だけど」

だけど？　なんだろうか。瀬川さんがゆっくりと僕をふりかえる。

「どこかで食べたことがあるっていうか……。坂下さんのカレーにそっくりじゃないか？　完成度は別物だけど、使っている素材やスパイスの配合が。そりゃ、坂下さんのレシピ本はたくさん出ているから誰だって影響を受けている。でも、同じレシピで作っても、火を入れるタイミングだったり、炒める強さで味って変わるものだろ。なのに、君のはなんていうか……」

「え？」

「コピーしたのにし切れていないっていうか……」

瀬川さんが珍しく歯切れが悪い口調で続ける。そんなに似ているんだろうか。先日食べたカレーを思い出す。似ていると言われれば嬉しいような気はする。でも、そんなに似ているかと尋ねてみたら、瀬川さんはもう少し何かを言いたそうに眉をしかめた。

ふーっと一息ついて、瀬川さんははっきりと次の言葉を口にした。

「オリジナリティが感じられないんだよ」

「はぁー？」

……僕じゃない。不快そうに反応したのは西野さんだ。

「美味しいからいいじゃん。マニアじゃないと違いなんてわかんないわよ。オリジナリティなんて頭の中で作って勝手に食べる人に押しつけるもんじゃないわよ。いろんな経験を重ねて自然に生まれるもんでしょ！　オリジナリティを目指すとか馬鹿なこと言わないでよね」

猛烈な勢いで瀬川さんを責め立てる。

「いや、別にそこまでの意味じゃなくて」

瀬川さんが助けを求めるような顔で周りの僕たちに視線を向ける。成宮さんが小さな声で教えてくれる。

「西野さん、デザイン系の仕事してるからオリジナリティには熱いんですよね……」

なるほど。

「えっと……。瀬川さんの指摘は正しいと思う」

僕が瀬川さんをフォローしようと口を挟むと、中村が「そうかぁ？」と首をひねる。

「いや、そもそもこいつのカレー、小学校の時からこんなもんだし。あ！」

中村が大変なことに気づいたというように両手で頭をかかえる。

「おい。もしかして、坂下さんがお前のカレーをパクったんじゃないのか……」

それはない。僕も含めて中村以外の全員が首を横にふる。

本音を言うと中村が言う通り、僕は昔からそんなにカレーの作り方を変えた覚えはない。テンパリングの仕方を改めたからその影響が大きいのだろうか。

西野さんが「マニア、マニア」と瀬川さんを攻撃しているが、オリジナリティがないと言われるのはやっぱり気になる。僕だけじゃなく、ここにいるみんな、坂下さんの影響を受けていないはずがない。

だけど、みんなは自分の味やこだわりがあって、それをきちんと料理に反映できている。多分、僕にはそれがない。どんなに小さくても核になるようなものがあるかどうか。その違いは果てしない気がした。

みんなに何を与えられるのか考えようと思っていたのに、やはり僕はまだその前の段階で止まってしまう。

# 第9話　8月、完璧な味を探して

都内の、下町の雰囲気が残る町だった。駅から徒歩10分ほどの住宅街の中に、昨年のスパイスグランプリで優勝したキーマカレーの専門店はある。評判通りの人気で、もうだいぶお昼も回った時間だというのにまだ5組は並んでいる。しかも全員大学生くらいの若い女性だった。華やかに笑いあう彼女たちの後ろに僕が立つと、一瞬だけざわめきが収まって不審な目で見られたのは気のせいだろうか。

気まずさしかなくて、一人だったら駅に引き返したかもしれない。弱気になった僕のところに、

「ごめんねー。まったー？」

と、西野さんが駆け寄ってくる。ジーンズにTシャツといういつもよりシンプルな装いをしているのに、教室の外で見ても驚くほど可愛い。気のせいか、周りの女性陣の僕を見る目が西野さんの登場で一瞬にして変わった気がする。

そんなに待っていないことを伝えるために、首を横にふってから尋ねる。

「西野さん、ここ何回か来たことあるの？」

「うん。っていうか、ここの内装、あたしのデザインなんだよね。あとで見せてあげる」

にっこりと微笑まれると、「役得」という言葉が頭に浮かんでしまう。


「ねぇ、今度の水曜日ひま？」

と、西野さんに背中をつつかれたのは8月の3回目の講義の最中だった。その日の講義は「スパイスの調合」について。各班のテーブルに、スパイスが入った瓶がいくつも置かれていて、赤や黄色、オレンジにグリーンと広がる色彩は圧巻の華やかさだった。組み合わせによる味わいの変化を坂下さんの実演で学んでから、目の前に置かれた色とりどりのスパイスを各自調合するという実技に移り、僕は悩んでいた。

坂下さんは「出来上がった状態に何を求めているのかきちんと考えて。あとで何人かに発表してもらうから」と言っていた。

そう言われると、何も考えずにいつものように調合することができなくなってしまい、隣で中村がサクサクとスパイスを瓶に放り込んでいくのに焦りつつも、計量スプーンを持ったまま固まっていた。

「去年、グランプリとったキーマカレーのお店。一緒に行こうよ？」

そして、まだターメリックしか入っていない僕の瓶を見て目を丸くした。

「え！　ぼーっとしてるからもう作業終わったのかと思ってた」

「悩みのループにはまっちゃって」

僕がそう言うと、西野さんはちょっと得意そうな笑みを浮かべて、手に持った瓶を振ってみせた。調合したての西野さんのスパイスだ。ターメリックとパプリカの配合具合が鮮やかで、特別な料理にそっとひとすくいだけ使う秘密の小瓶のように見える。シャラシャラとした音が小さな鈴の音のように鳴る。

「綺麗でしょ？　色味づけだけに使おうと思ってるんだ」

「え？　カレーの素にしないの？」

「しないよ」

驚く僕に、西野さんはこともなげに言った。

「これは色味づけ用って決めて調合したんだもん。坂下さんが言ったのもそういうことなんじゃないの？」

スパイスの瓶を耳元で振ってから、満足そうに微笑んで西野さんは続けた。

「すべてに使える完璧なスパイスなんて、どこにもないんだから」

「なるほど」

なんだか真実の片鱗を西野さんがちらりと見せてくれたような気がして、思わず声が裏返った。西野さんは「本当にわかってるの？」というようにちょっと眉をひそめたけれど、僕がなんどもうなずくのを見て、顔をほころばせた。「じゃあ、水曜ね！　連絡する」と手を振って席に戻っていった。

　前回の研究会で、季節感のあるミールスを班発表に向けて作っていこうということで意見は一致したけれど、まだ具体的なメニューは決まっていなかった。

「勉強がてら食べ歩いてみるのはどうだ？」

　という中村の提案にしたがい、スパイスの使い方、ミールスの組み合わせ、旬の素材の調理方法をポイントに幾つかのお店を各自訪問することにしていた。

　中村は食品会社勤務、成宮さんは花屋さん、瀬川さんは会計士と、なかなか本業が忙しくて平日は時間を合わせるのが難しい。だけど、内装を手掛けるデザイン会社に勤めている西野さんは、お客さんとの打ち合わせが入っていない限りは時間の自由が利くらしい。

「どうせなら空いている平日にどっか行こうよ」とわざわざ僕を誘ってくれた。そのことに、我ながら単純だけど少し浮かれてしまった。急に手が動き始め、思い切りよくパプリカをすくって瓶に入れたら、中村がぎょっとしたように僕の瓶を見た。

「お前、それ……」

「たまにはパプリカで色付けしてみようと思って」

　浮きたつ気持ちのまま軽く瓶を振ってこたえたら、中村が渋い顔で首を振った。

「いや、それ、チリだから」

激辛ブレンドになった小瓶を見つめて改めて思う。

スパイスはまだまだ奥深い。


「でも本当、平日暇な人、見つかってヨカッタァ」

真っ白な日傘をさしながらカレー店の行列に並ぶ西野さんが、少し声を落として僕の方へ顔を寄せた。

「ここの店長、すごいイケメンだから、一人で来て馴れ馴れしく店長に話しかけると周囲の視線が突き刺さるの」

なるほど。そういう理由があるわけか。心なしか残念で僕は曖昧にうなずいた。

「二名様どうぞー！」

朗らかな店員さんの声に呼ばれてお店に入ると、一気に気分が晴れやかになるようなフレッシュなスパイスの薫りが漂ってきた。南国の島に来たような気分になる。

その理由は、スパイスだけじゃなくてカウンターの向こうに見える壁にもあると思う。鮮やかな黄色の壁に、さらりとシンプルな草花が描かれている。たくさんの色が使われているのに少しもうるさく感じない。このお店の中で弾むように飛び回っているスパイスを描いたように感じた。目に入ると思わず歓声をあげてしまった。

「すごい！」

「でしょー」

西野さんが日傘をたたみながら満足げにうなずいて、カウンターの中の男の人に手を振った。

「テンチョー！」

「西野さん！　きてくれたんだ」

店長と呼ばれた男の人が相好を崩しクシャリと笑う。なるほど本物のイケメンだ。僕よりも少し年上だろうか。

「全がけ二つね。ゆっくりでいいよ」

「リョーカイ」

西野さんの注文にうなずくと、僕にもにこりと微笑んでから盛り付けにもどる。カウンターの上に置かれたお皿に手際よく鮮やかに盛りつけていく。最後にパラりとパプリカとターメリックを散らすと花を添えたように鮮やかで、カウンターに座っている女の子たちが歓声をあげた。配色は違うけど、お皿の上に絵を描いていくような盛り付け方は、西野さんのカレーに似ている気がした。

「だって、あたしの師匠だもん」

そう言って西野さんはにっこりと微笑んでカレーをひとすくいすると、こぼれそうな笑顔で頬張った。

「師匠なんて大それたもんじゃないよ。彼女に内装をお願いした時に、お礼にカレーを作ってみせただけ」

僕たち以外のお客さんが帰ったあと、店長さんは「遅くなったお詫び」と言ってコーヒーを淹れてくれながら、師匠と呼ばれて困った顔をした。西野さんはまずは食べることに集中すると決めたようで、店長さんの言葉に肯定も否定もしなかった。

さっきまでの喧騒が嘘のように、店内は心地よい静けさに満ちていた。コーヒーの落ちる音だけが沁みるように店内に響く。深呼吸をして僕もスプーンを手にとった。ふわりとしたカレーの湯気の向こうに西野さんの描いた花がゆれる。

一口。あぁ、これだ。探していた味はきっとこれなんだ、と思ってしまう。それくらい密度の濃いスパイスが完璧なバランスで押し寄せてきた。食べてしまうのがもったいない。ここまでふんだんにスパイスを効かせながらも味のバランスの崩れないカレーは、今までに出合ったことがない。坂下さんのシンプルで整った味とも全然違う。

「どう?」

店長さんがコーヒーを出してくれながら僕に尋ねる。

「完璧です」

正直にそう答えると、店長さんが「君面白いね」と破顔した。西野さんも満足そうにうなずいた。

「そりゃ、あたしの師匠だからね」

だからー、と困ったように笑う店長さんはとても親しみやすい雰囲気で、俺がカレーの世界を変えてやるんだ、という気負いみたいなものは全然感じられない。学校にいる人たちとはまたちがう雰囲気だった。思わず素直に問いかけてしまったのも、店長さんのその雰囲気に流されたからだろう。

「なんでこんな完璧な味を見つけられたんですか?」

自分で意識していたよりも落胆した響きを持った声だった。この味を知ってしまったら、僕はこの味を見つけようともがき続けるかもしれない。こんな味を自分で再現できれば嬉しいし、夢のようだ。でも。きっとそれは僕の味ではない。

ただの真似事だ、とそう思って、どこにあるのか本当にあるのかもわからない『僕の味』を探して探して、最後はぶくぶくとスパイスの海に溺れてしまう気がする。

「それは僕も毎日思っていることなんだ」

謙遜とかではなくまっすぐな感じのする口調だった。でも、彼のこの味で完成じゃないとしたら、僕はどこまで走り続ける必要があるんだろうか。そう、僕が勝手に一人でまた沈み込みそうになっていると、店長さんが笑いながら首を振った。

「僕の一番はコーヒーなんだ」

柔らかなコーヒーの薫りが鼻をくすぐる。さっき淹れてくれたコーヒーからのぼる湯気が、窓から入ってくる日差しの中で踊るようにゆれる。「冷めないうちにどうぞ」と店長さんがすすめてくれる。一口すする。

「……」

つい言葉を失ってしまった。

「あ！　やっぱり人に出すのはまだ早いかぁ」

あちゃー、と店長さんが頭を抱える。

「早い早い！　正直、店長のコーヒーまずいもん。げきまず」

西野さんがオブラードに包むことなくズバリと言う。

うん、否定できなくてごめんなさい。今までの人生で飲んだコーヒーの中でも、記憶に残るというか、記憶に残らないというか、とにかく旨味の感じられない味だった。

「なんでこんなにまずく作れるのか謎。でも、まぁ、前回よりはマシかな」

西野さんの言葉に店長さんが嬉しそうに笑う。

「でしょ？　毎日少しずつ変えてるんだよ。お客さんによって変えることもあるよ。薄めの味が好きな人、濃いめが好きな人、泡立ちが多いものが好きな人。いろいろいるし、僕もいろいろ楽しみたいから」

「はい、本音は？」

「……僕の実力。どうしても味のばらつきが出ちゃって。コーヒー店としてやっていくのはまだまだ先だなぁ。時間があればいろんなお店でコーヒーを試して、その度にいつも思うよ。あぁ、どうやったらこんなに完璧な味が出せるんだろうって」

店長さんは自分で淹れたコーヒーをすすり、「あぁ、まずい」とうなずく。

「きっと一生かかっても、コーヒーはこれが僕の味だっていうのは見つからないと思う」

それは、辛くないのだろうか。

自分がたどり着きたいところに行きつけないとわかってしまうのは。

店長さんは僕の顔をチラリと見て、ふわりと顔をほころばせた。

「でも、それが楽しいよ。変にこだわらないでみんなに教えてもらいながら楽しめるから」

「そ。完璧な味なんてそうそうないんだから。ここのカレーは趣味の極みだって、店長が納得しているから完璧なのよ」

西野さんがそう言うと、店長さんが苦笑する。

「まぁ、お店のお客さんの前では言いづらいけどね」

「趣味でお店を開いたんですか？」

そうだよ、とニコニコ笑う店長さんの顔を見て、あまりに簡単に趣味だと言い切ってしまうことに驚いた。僕の困惑が思いっきり顔に出ていたんだろう。店長さんは穏やかに笑って話してくれた。

「僕自身が大好きで食べたいと思うカレーを作っているだけなんだよ。それがちょうど、みんなが食べたかったものと一致しただけ。この味が全てだと押し付ける気もなくて、単にみんなの趣向と僕の好みが一致しただけ。いつかトレンドが変わっても、僕はきっと同じ味を作り続けると思うよ」

そこで言葉を切って、頭をかきながら困ったように笑う。

「と言うか、カレーはこれ以上深く潜り込むことが僕にはできないんだよ。コーヒーは奥の奥まで知ってみたいと思うのに」

店長さんが作ってくれたカレーの華やかな薫りが僕の鼻をくすぐる。

「なんで……」

ぽんと飛び出した僕の言葉は続きを待つように宙に浮かぶ。店長さんは、僕よりも次に来る言葉を知っているような目をして微笑んだ。

「なんで、コーヒーなんですか?」

誰もが求める味を見つけて、もしかしたらもっとその先に行けるかもしれないのに。うまく噛み合う場所で自分の道を見つけられるかもしれないのに。

店長さんはちょっと考えるように首をかしげ、すっかり空になった僕の皿を片付ける。

「松本くんは、」

シンクの中に水をためながら店長さんがゆっくりと言葉をつむぐ。

「どうしてカレーが好きなの？」

店長さんの口調は優しくて、無理に答えを求めていなかった。

だからむしろ僕自身が自分に問いかけた。なぜだろう？　なんでカレーが好きなんだろう。子供の頃から馴染みがあったから？　中村に誘われたから？　いろんな答えのように見えるものが頭をよぎるけれど、これが正解です、とまっすぐに差し出せる自信はなかった。

「……わかりません」

「あ！　おんなじだ」

店長さんが目を細めてうなずいた。

「僕もずーっと考えてるんだけどさぁ。まだ答えは見つからない。よくわかんないけど、とにかく毎日コーヒーと向き合うとそれだけでなんか、こう、幸せなんだよねぇ。まぁ、ほら、飲んで飲んで、遠慮しないで」

「……別に飲まないのは遠慮してるわけじゃないんじゃない？」

そういう西野さんはしっかりと飲みきっている。

僕ももう一度コーヒーカップを手にしてゆっくりと味わった。

店長さんのコーヒーはなんだか薄くてぼんやりとしているけど、奥の方で丸くて優しい味がした。

「さっきより美味しい気がします」

「なんだよそれぇ」

破顔する店長さんを見ながら、またここにコーヒーを飲みに来ようと思った。

帰り道、真っ白な日傘をくるりくるりと回しながら西野さんが話してくれた。

「あたし、壁のデザインをやりたくて今の事務所に入ったんだ。なんか細かいデザインは向いてないと思ってさ。壁って大きくていいじゃない？　やりたいことやれるようになってきて楽しかったのよね。でも、仕事をやればやるほど、できるだけかっちりとココにしかおさまらない完璧なものを考えなきゃいけないって、辛くなった時があったんだ。単に自分で勝手にあせってただけなんだけど」

ゆっくりと長い坂道を下りながら、西野さんは話し続ける。

「あそこの内装を頼まれて、店長と打ち合わせしてたらなーんか力抜けたんだよね。ここにしかないお店にしてみせますからねっ、なんて気合い入れてるあたしにさぁ、『似てる店があったら、それはそれで気が合いそうで嬉しくなりますよね』なんて笑うの」

「うん」

「唯一無二のものを、なんてこだわる必要はないんだって。あたしの絵と店長のカレー。それにあのコーヒーがあれば他にはない場所になるじゃない」

「うん」

「それにあのカレー。あんな小さなお皿の中で、いろんな色が弾けてるのにお互いが全然邪魔してないの。知ってるつもりだったカレーの全然知らない顔を見たっていうの？　思わず店長のこと師匠って呼んじゃって、すっかりカレーにもはまっちゃった」

「うん」

僕が小さくそう言ってうなずくと、「ちょっと〜、それだけ？」と不服そうに口を尖らせた。でもすぐに堪えきれないように笑い出して、

「いいお店なんだ」

とひとりごとのようにつぶやいて空を見上げた。

僕も同じように空を見る。夏の空はまだまだ明るくて白い雲がゆっくりと流れていた。西野さんが見上げているものと僕が見ているものが同じかはわからなかった。でも、二人ともとても幸せな気分でいることは確信が持てた。

「西野さん」

「んー？」

僕が呼びかけると、空を見上げたまま西野さんが気のないような返事をした。

「ありがとう」

そう言うと、くるりと１回だけ傘を回してくれた。

# 第10話　8月、進む季節と取り戻せない時間

成宮家のキッチンでの2回目の集まりのとき、みんなが新たなレシピを試す中で僕は前回と同じチキンカレーをもう一度作った。

「君はそれしか作れないの？」

瀬川さんが呆れたようにつぶやきながら、僕の鍋を覗き込む。僕としては少しだけアレンジをしてみたつもりだけど、やはり表現するというのは難しい。

僕は店長さんのカレーを目指すのはひとまずやめることにして、ベースは同じなのに食べるシチュエーションや人によってアレンジがしやすい、基本となるカレーを作ってみようと思っていた。だから、1回目と同じチキンカレーに少しだけ変化を出してみたつもりだったんだけど。

「すみません……」

力不足を謝ろうとしたら、瀬川さんが驚いたように僕をふり向く。

「何入れた」

「ごぼうを少し加えて、ジンジャーとチリも前回より増やしてます」

「ごぼうか……珍しいな」

確かにチキンカレーにすりおろしたごぼうを入れるレシピは珍しいかもしれない。母さんオリジナルの夏の定番カレーだった。今日は外を数歩歩いただけで汗だくになるくらいに暑い。この前よりもグンと夏の感じが増している。だから、体も疲れているだろうし味覚も変化していると思った。この前よりも少し刺激と爽快感を強めた方が、同じメニューでも違う味わいを楽しめるんじゃないかと。

「へぇ。そういう季節の取り入れ方か」

納得したように瀬川さんがうなずいた。

思わずじっと瀬川さんの顔を見てしまった。瀬川さんは不審そうに僕を見て、

「面白いかもね」

「何？」

と言ってあとずさる。

「なんでもありません」

僕がそう言って笑うと、瀬川さんは渋い顔をして「なんだよ」とつぶやきながら自分の鍋に戻って行った。

瀬川さんは僕のやりたいことを汲んでくれたのだろう。薫りだけで変化がわかってしま

うのは結局のところ別のものになってしまったようなものだから、失敗といえば失敗なのかもしれないけれど、僕はそれでも顔がにやけてしまうのを止めることができなかった。

「テーマは季節のミールスにして、カレーと副菜は今日のレシピ。ラッサムはフィッシュラッサムに変更」

みんなでたくさん味見をして、満腹を超えた頃に瀬川さんがまとめに入った。瀬川さんは、みんなが口々に「賛成」と言って同意するのを確認すると、最後に少しだけため息を漏らして僕を見る。

「正直、俺はまだお前のカレーはちょっとパンチが弱いと思ってるけど。まぁ、美味いのは間違いないから」

褒められた！　言外の意味はよくわからないけれど、美味しいと言われて嬉しくないわけはない。

「ありがとうございます」

お礼を言うと、調子狂うなぁ、と瀬川さんはつぶやいて当日の役割分担のまとめにうつった。

結局、「究極のミールス」とは何かという問いに対して、僕たちは「季節のミールス」という提案で進めることにした。

季節の取り入れ方は一つではない。味、薫り、素材。班のメンバーによってとらえ方は様々だ。みんなに共通しているのは、どうしたら一番美味しい時間を過ごせるのか、それを一生懸命考えたことだ。

さっき、瀬川さんが「面白いかもね」と言ってくれただけで、僕もみんなで作る「季節」を少しだけ作り出せたのかなと思った。もちろん、そんなことを瀬川さんに言ったりしたら、作り手同士で満足しあってるなんて素人もいいところだと、冷笑されるのが予知できる。

これからが本番だ。

次回の講義では中間発表として各班ごとにプレゼンする。ただ、キッチンのスペース上、班の全員は入れないから、仕上げの担当者が必然的にほとんどの準備をやることになる。

「私やりますよ、みなさんがここで作ったものも運べますし」

成宮さんが手を挙げる。

「じゃあ、手伝います」と、僕が言い終わる前に瀬川さんが割って入って、「成宮さん、俺が手伝うから。学校のキッチンスペースを考えたら早めに準備するのは各班二人くらいが適正だよ」

と言ってサクサクと当日の流れを決めていく。どうやら僕には用はないようだから、せめて片付けだけでも進めておくことにした。

食器を洗っているとスパイスをしまっていた西野さんが、ツツツーッと僕に寄ってきた。

「だめだよ。奪い返さないと」

西野さんが僕の耳元で囁く。

「え？」

西野さんは頬を大きく膨らまして上目遣いで僕を睨む。

「俺の成宮に手を出すなーって、ガツンと言ってやりなよぉ」

「ええ？」

いつの間にそんな話になっているんだ。違う違うと説明しても西野さんの中でストーリーは進んでいく。

「あたしは最後の最後まで味方だからね。突然、なるちゃんを攫《さら》うようにここから逃げても、体を張って瀬川さんのことは止めてあげる」

「いや、だから……」

だから違うんだともう一度説明しようとする。

「だから何よ？」

なぜか睨まれる。

「だから、こいつ、彼女いるし」

ひょいっ、と僕と西野さんの間に中村が割って入る。彼女って彼女のことだろうな、と

この前の電話を思い出す。正確にはもう違う気がするなぁ……、とどう説明しようか一瞬悩んでしまったら、

「エェ!!　二股……」

西野さんが眉をひそめて僕を見る。

「全くひどい男だよ」

中村が知ったような顔でうなずく。

「えっと……」

僕は瀬川さんと成宮さんの方にもう一度向き直って声をかける。

「あの、やっぱり僕もそっちに混ぜてもらえないですか。お願いします……」

西野さんと中村から逃れるにはこれしか道が残されていなかった。

成宮さんは嬉しそうにうなずいてくれたけど、瀬川さんは成宮さんの背後で今まで見たことがないくらい顔をしかめていた。

それでも西野さんの好奇心は十分に満たすことができたみたいで、「やればできるじゃない。その調子ね」と帰りに褒められた。

二股疑惑のままでも構わないのだろうか。

中間発表の日の朝、家を出る準備をしていると成宮さんからメッセージが届いた。「今

大丈夫ですか？」シンプルだけど、わざわざ確認するからには何かあったのかもしれない。ちょっと考えて電話をする。電子音が数回繰り返されたあと、

「はい」と、小さな声が聞こえた。

「もしもし成宮さん？　どうかした？」

「よかったぁ」

ホッとしたような泣きそうな声が届く。

「実は瀬川さんから連絡があって、人身事故で到着が遅れるらしくて」

なるほど。仕上げのスパイスは瀬川さんが運んでくれることになっていた。

さっと台所のスパイスを見渡す。この前仕上げに使ったチリやマスタードシードはうちにもあるはずだ。

「わかった。とりあえず家にあるスパイス持って急いで行くよ」

「すみません……、それに、私も急に仕事場に寄る必要ができてしまって。仕事がちょっと延びちゃって到着は私も遅れそうで……」

どんどん泣きそうになる成宮さんの声を聞いて状況を把握する。

「あの、10分くらい前には着けると思うんですけど……、ごめんなさい。西野さんにも連絡しているんですけどまだつながらなくて」

つまり、それまでは僕一人で今日のプレゼンの準備をする必要があるわけだ。頭の中で

ざっとかかる時間を計算する。カレーはなんとかなる。でもラッサムまでは手がまわるだろうか。ラッサムの仕込みも瀬川さんの担当だった。

「あぁ、それは大丈夫です」

ほっとしたように言って、成宮さんが続ける。

「昨日、うちで仕込みをしたんですよ。松本さんの都合がつかなくて残念でした」

おいおい、僕は誘われてないぞ、と瀬川さんの一見柔和そうに見える顔を思い浮かべる。

「中村と西野さんには僕からも電話してみる」

電話を切ると、あるだけのスパイスを鞄に放り込み、駅までの道を駆け抜ける。痛いくらいの夏の日差しがふりそそぐ。アスファルトが白く光って見える。どこかの家から高校野球の歓声がもれてくる。なにかにせかされるように僕も走り続けた。いつもの公園を横切るとき、小さなネコの声が聞こえた気がしたけれど、足を止める余裕を僕は失っていた。

学校に着いた時は、他のグループの人たちはすでに準備を淡々と進めていた。もう盛り付けまで終わっている班もあり、自分の呼吸が少し速くなるのを感じる。焦るな。呼吸を整えてからエプロンをつかんでスパイスを並べる。

成宮さんが教えてくれた手順とレシピを頭の中に思い浮かべながら、フライパンを火にかける。隣のテーブルで歓声があがる。ほとんど同時に弾むように立ち上ったスパイスの薫りが漂ってくる。心が自然と浮きたつような薫りだった。

普段であれば、こんな薫りのするカレーに出合えたらそれだけで一日がとても幸せになる。でも、今日は違った。計量しかけたスパイスに目を落とす。あんなにみんなをワクワクさせられる薫りを僕は作れるだろうかと、不安がむくむくと湧いてくる。瀬川さんに言われた「オリジナリティがない」という言葉が急にまた気になってしまう。

隣の班の人たちは満足げに笑いあって、片付けに入った。僕がじっと見ているのに気付いたらしく、

「エェ～、ひとり?」

その中の女の子が驚いた顔で声をかけてくる。

「はい」

「瀬川さんも、成宮さんも、西野さんもいないのぉ?」

「はい」

自分の手元に集中しろ、と言い聞かせ目をパンに落とす。

「へぇー。余裕なんだね。知らないかもしれないけど結構坂下さんのチェック厳しいんだから。失敗しちゃだめだよ。責任重大だよ」

ちゃんと音を聞いて薫りを感じろと脳が命令してくるのに、妙な緊張が胸の奥からせり上がってくる。だめだ。薫りが感じられない。

「……失敗するとどうなるんですか？」

あわてて、スパイスを計量し直しながら聞いてみる。

「うーん。私たちのライバルが減る」

彼女が冗談めかしたように笑い去っていく。ちょうど油を熱し始めた時に成宮さんが飛び込んできた。

「ごめんなさい！」

「僕も今準備を始めたところです」

「分量はこの前と同じで大丈夫ですよ」

エプロンをつけながら微笑む成宮さんに軽くうなずいて、さっき計量し直したスパイスを手にする。熱した油にマスタードシードを投入して炒る。しばらくしてパチパチとシードが跳ね出したら蓋をして様子を見る。次々と他の班のメンバーが片付けを終えて講義室に向かう。気がせく。

「焦らないで大丈夫です」

成宮さんが自分にも言い聞かせるようにゆっくりと言う。成宮さんの手元から香ばしい薫りがしてきた。チリ、黒胡椒、クミンを投入する。手早くパンの中でスパイスが油になじむように転がす。しっかりとしたスパイスの薫りがたち始める。クミンがまずは先頭に立って食欲を刺激して、黒胡椒の華やかな薫りが美味しさへの期待値を高める。薫りが十分出たところで、鍋に移し替えたラッサムに投入する。

「うん。ラッサムはよく香ってます。カレーは問題ないですか？」

成宮さんの問いかけにうなずいて返す。本当のことを言うと、キッチン全体にいろんな薫りが立ち登り、僕の薫りを見失っていた。味見をしてもしても、味が強いのか弱いのかわからない。妙な緊張感で指先がひんやりとしているのに、額には汗が浮かんでいる。大丈夫だ。僕は自分にそう言い聞かせる。大丈夫だ。落ち着け落ち着け。

成宮さんがラッサムにパクチーを添える。切りたてのフレッシュな薫りがふんわりと全体を上品に包む。

成宮さんがにっこりと僕をふりかえって微笑む。

「完成ですね」

残り時間3分。ギリギリだった。

僕の仕上げたカレーはともかく、瀬川さんと成宮さんのラッサム、西野さんが作ってくれたアチャールも含めると、それぞれの個性が詰まったミールスになったのは間違いない。ラッサムは成宮さんも味見をしてくれたんだから大丈夫だ。妙に喉が渇いていて、ものすごく水を飲みたかった。成宮さんと慌てて講義室に向かいながら、僕は「きっと大丈夫だ」を自分の中で何度も繰り返していた。

成宮さんが、「分量はこの前と同じで大丈夫です」と言ってくれた時に僕は少しだけ躊《ちゅう》躇《ちょ》した。僕が計量し直したスパイスはこの前よりも、華やかに薫りがたつクミンやカルダモンを多めにしていた。これくらいしないと、何の薫りも立たないような気がしたからだった。そして、そのまま使った。

僕の思惑通り、今まで以上に華やかな薫りが確かにたった。だから、きっと大丈夫だ。僕は自分の中にある不安に一生懸命気づかないようにして、何度も自分に言い聞かせた。

「きっと大丈夫だ」と。

ちっともわかっていなかった。

一番大切なことはなんなのかを。


講義室に入ると中村と西野さんがこっちに手を振っていた。急いで席に着く。

「悪いな、連絡気づかなくて」

「なるちゃん、ごめんね。大丈夫だった？」

二人とも軽口をたたくことなく心配げに僕らをむかえてくれた。

「ううん。私が遅れちゃったのがそもそも悪いんだし。本当に、ありがとうございました」

最後は僕に向かって成宮さんが頭を下げる。

「いや、全然。なんとか間に合ったし」

成宮さんはほんのり微笑むと、心配そうに入り口の方を振り向く。

「瀬川さん、大丈夫かな?」

「確かに。あの人、遅刻とか欠席とかしたことないのに」

西野さんも首をひねる。もう講義が始まる時間だというのに、瀬川さんはまだ来ていなかった。


各班の前に試食用のミールスがずらっと並ぶ。今日は中間発表だから盛り付けは簡易的になっているものの、どれも結構手が込んでいて見ているだけで楽しくなる。どこからかチョコレートのような薫りも漂ってきていて、いったい何が入っているのか気になる。

坂下さんも満足そうに全体を眺めてから、

「明らかにあまりミールスでは味わったことのない薫りがするね。どこの班?」

坂下さんの言葉に、前方のテーブルから笑いとともに高々と手があがる。

「よし、じゃあそこから簡単にコンセプトと工夫、あとは悩んでいることとかあったら共有してもらおうかな。みんな、5班の前に集まって」

坂下さんの合図で一斉に5班のミールスをみんなで取り囲む。

「ようこそチョコレートミールスの世界へ」

5班のメンバーの一人がそう挨拶して、

「まずは一口食べてみてください」と、坂下さんを促す。坂下さんは「僕、甘いのは苦手なんだけどなぁ」と苦笑しながら一口食べると、興味深そうに目を細めた。

「へぇ。甘くない。薫りはチョコレートなのに。面白いね」

5班のメンバーがホッとしたように笑いあい、説明を続ける。

「はい。砂糖の含有量が少ないチョコレートを使用しています。実はそんなに量は入れていないんですけど、最後にテンパリングの代わりに入れたんで薫りがうまく残りました。カカオの含有量は変えていますが、ラッサムやアチャールにもチョコレートを少しだけ、砂糖の代わりに使っています」

「なるほど。斬新だね。コンセプトは？」

「5班にとっての究極のミールスは「この店にしかないミールス」です。目を引く、という意味ではやはり話題性のあるものを作りたいと思っています」

5班のメンバーはみんな真剣な顔で説明している。店で出すことを前提で話している。ただの講義の時間に面白半分で作ったわけではないのだということが伝わってくる。

「コストは？」

「ｋｇ単位でチョコレートを購入しています。提供価格は１２８０円を予定していて、デザート付きで１４００円のセットを想定しました」

「デザートはチョコレート？」

「もちろん。チョコアイス、チョコプリン、ブラウニーから選んでもらいます」

甘そうだなぁーと坂下さんが苦笑する。

「最後の質問、問題点は？」

「目下の問題としては、チョコレートが大量にあって置き場に困っているので、誰か欲しい人がいたら格安で譲ります」

「だそうです。チョコ好きは早めに。確かにチョコもスパイスの一種だね。現時点での味はともかく、」

坂下さんが眼を細める。5班のメンバーもわかっていますというようにうなずく。坂下さんもうなずき返して続ける。

「面白いよ。頑張って」

ホッとしたような空気と、次はうちの班かもしれないという緊張感が入り混じる。

「瀬川がいたら絶対にボロくそに言いそうだよな。フォト映えばっかり考えてるだけだとか」

中村が僕に囁く。

「あのまんまじゃ大してフォトジェニックじゃないわね。チョコレート色だから色味は地味だもん。面白さがうけるように上手くネットで仕掛けるのはありよね」

西野さんが割って入る。

「なるほど。瀬川にも教えてやろう」

「でも、本当に瀬川さんどうしたのかな？」

心配そうに成宮さんがつぶやく。確かに。電車が遅れたにしても遅すぎる。遅刻したら入れてもらえないのだろうか。講義室のドアを振り返るが、開く気配は感じられない。

「そこ、えっと7班かな？」

坂下さんの声が頭上から降ってくる。慌てて顔を戻すと僕たちの目の前に立っていた。

「じゃあ、共有をお願いしてもいいかな」

みんなで顔を見合わせる。いつもだったら率先して発表をしてくれる瀬川さんがいない。中村が「俺か？」というように自分の顔を指す。ありがたい。他の二人も異論はなさそうだ。

「どうも～。中村です」と、中村が手を振って立ち上がるとなぜか笑いと軽い拍手で迎えられた。友人の持つ人心掌握術の凄さをあらためて実感する。

「俺らの班は季節のミールスというテーマにしました。実際に店をやったとしたら2、3ヶ月おきに看板メニューを変えるイメージです。特に、俺らの班はご覧の通り個性が強いので、」

そう言って中村が僕たちを振り返る。みんなの視線が一斉に僕たちに注がれ、一気に笑いが巻き起こる。坂下さんも「なるほどね」と破顔する。みんなのこの笑いは好意的に考えても良いのだろうか。成宮さんは恥ずかしそうにうつむき、西野さんはアイドルのような完璧な微笑みで手を振ってみせている。

「旬の食材の個性をそれぞれ生かしています。試食してみてください」

坂下さんがうなずいて、まずは成宮さんのシュリンプカレーを一口食べる。表情を変えることなく「うん」とつぶやく。そして、次に僕のチキンカレー。一口食べてぴたりと動きを止める。おかしかっただろうか。それとも瀬川さんが言っていたように、坂下さんの味に似過ぎているんだろうか。

「これ、誰が作ったの？」

じっとカレーを見ながら坂下さんが問いかける。

「えっと。僕です」

僕を見て坂下さんが何かを聞きたそうに少しだけ口を開いたけど、思い直したように小さく首を振って「よし、次」とだけ言った。坂下さんが何を気にしたのか聞きたい気もしたけれど、次のラッサムとアチャールの試食に移っていたから今は我慢することにした。

「このラッサムは瀬川さんだね。どっしりとした重さがあるね。悪くないよ。次は、西野さんのアチャールか。うん。華やかな味わいだ」

西野さんが嬉しそうに微笑む。班の中にホッとした空気が流れたその瞬間、

「でも」

と、坂下さんの硬い声が降りてきた。

「これはミールスとは言えないかな」

しん、と講義室が静まり返る。先ほどまで「悪くない」「華やかだ」と言われるたびに羨ましそうに歓声を上げていた他の班の人たちも、水を打ったように沈黙する。

「なんでですか？　ラッサムもあるし、サンバルもある。ちゃんとミールスの形式をとってるじゃないですか」

中村が負けじと抗議の声を上げる。

「形式は間違いなくミールスだよ」

坂下さんはそう言うと、僕たちそれぞれの顔をゆっくり見渡して微笑んだ。

「一品一品の味は決して悪くない。単品での品評会だったら問題ない」

「じゃあなんで」

「君たち、食べてみた？　味見じゃなくて今の状態」

四人で顔を見合わせて首を横にふる。坂下さんがうながす。

それぞれ一口食べる。まずは僕のチキンカレー。

「薫り、すごい」

「この前までと全然ちがう」

坂下さんも感心したようにうなずいてくれる。

「そう。すごく良い薫りなんだよ。なかなかこれだけの薫りは出せない」

成宮さんも満足そうに笑いながらさっき味見まではしなかったカレーを一口味わう。だけど、食べたあと、ハッとしたようにカレーを見つめ、ゆっくりとその顔から笑みが消えていく。僕の方を振り向いて大きく瞬きをした。泣き出しそうなのをこらえているようにも見えた。そんな成宮さんの様子を見て、中村が首をかしげて僕を見る。僕は一体どんな顔をしているんだろうか。スプーンを持ったまま動けなかった。

中村は不思議そうに僕と成宮さんを見たけど、続いてラッサムを一口。うなずく。でも、何かが引っかかったように続いてもう一度ラッサム。首をかしげる。その先は見たくないと思ったのに、僕は中村から目をそらすことができなかった。そして、シュリンプカレーを食べてから振り向いたその顔はすごく複雑な表情をしていた。中村の表情がこれからどんな風に変わっていくのかこれ以上見たくない。そう強く思ったら、ようやく僕は目を閉ざすことができた。

中村の声が僕の頭上からゆっくりと降ってきた。

「強すぎる?　味が、薫りが、全部、ぶつかり合って……、なんか食べ続けていると、疲れるような……」

中村の問いに坂下さんは「調和」とつぶやいた。観念して目を開けた僕も同じように

説明してくれた。

「調和」とつぶやいてみる。首をかしげる僕らに、坂下さんは一品一品を指し示しながら
「どれも主役級に美味しいんだよ。でも競い合っている。添や控えがないからミールスに求められる調和が感じられない」

坂下さんは付け加えるように「最後の仕上げで主役をはっきりさせるというのも手だけれど。今回は逆に全てを競わせてしまっている」

そう。僕はあの時、個性を出さなくてはならないと焦ってしまった。できるだけ強い薫りを立たせるにはどうしたらいいのかだけを考えてしまい、シナモンとカルダモンの薫りをとにかく際立たせようとした。はっと人惹きつけるスパイシーな薫り。それだけを求めてしまった。

坂下さんが僕の落胆した顔を見て少しだけ笑う。

「いつも言ってるけど、別にそれが悪いことではないんだ。ただ、今回のテーマをもう一度よく考えてみてほしい」

僕が焦ったせいでみんなのカレーが台無しになってしまった。申し訳なくて、他の三人の顔を見ることができなかった。

「一つのカレーを一度一緒に作ってみるといいかもね」

坂下さんはそうアドバイスを残して、次の班の発表に移っていった。

# 第11話　8月のおわり、ふり出しへ

「確かに五味《ごみ》のバランスは考えていなかったな」

瀬川さんがベッドの上で「なるほど」と言って悔しそうな顔をする。ギプスで固定されている右手を一瞬動かしかけるが、すぐに動かせないことに気づき不便そうに左手を上げて頭をかく。

「五味？」

中村と僕が同時に首をかしげる。

「知らないの？」

瀬川さんが顔をしかめ、「本当に素人だな」と薄い唇を引き上げて笑う。よかった、思ったより元気そうだ。いつも通りの瀬川さんの様子を見て安心する。

「前期の授業でやったんですよ」

お見舞いの花を花瓶に生けて戻って来た成宮さんが、笑いながら教えてくれる。

「脳で認識できる味の要素のことです」

「なんだよ、瀬川だって習いたての知識か」

中村がにんまりと笑ってうなずくと、瀬川さんはムッとしたように、

「俺はその前から知ってたんだよ」

と言い返す。


僕たちは瀬川さんのお見舞いに来ている。中間発表の日、結局瀬川さんは最後まで講義に現れなかった。僕たちの班のミールスはミールスではないと坂下さんに言われ、さすがの西野さんと中村も萎《しお》れたようにおとなしくなった。


2日前。講義が終わった後、僕たちは片付けをすることもなくぼんやりとしたまま座り込んでいた。僕はみんなに謝らなくてはと思っていたのに、ただうつむいて小さく「ごめん」とつぶやくことしかできなかった。僕の仕上げが悪かったのであれば、本番の時は他の人にやってもらおう。そう言うと、西野さんが小さく首を横にふった。

「確かに、仕上げがベールを剥がしたことは否定しないけど」

天井を見上げるようにして続ける。

「隠れていた粗がやっぱりあるってことは一から考え直さないと」

成宮さんも相槌を打つ。

「試作の時はうまくまとまったと思ったんですけど。そもそも、何かが足りなかったんですよね」

両手で顔を支えるように頬杖をついて成宮さんが考え込む。中村はため息をついて僕をふりかえった。

「俺言ったよな?」

「え?」

「自分で考えろって」

そんなこと、いつ言われた? 首をかしげた僕を見て中村が噛み付く真似をする。仕方ないな、と中村が僕を手招いたとき、成宮さんのスマホにメッセージが届いた。

「瀬川さんです」

成宮さんがパッと顔を輝かせ、メッセージを読み上げる。

『遅くなってごめん』

「いや、間に合ってないしね」

西野さんがつまらなそうに毒突く。

『今、ようやく』

「これから来るのか?」

中村が講義室の入り口を眺めてつぶやく。

『入院手続きが終わりました』

「エェ〜」

全員で顔を見合わせた。

「人身事故って……そういう意味だったのかよ」

「轢《ひ》かれちゃったんですか!?」

成宮さんが青ざめる。

「えっと、とりあえず聞いてみようよ。メッセージは送れるみたいだし」

「そうですね」

成宮さんが僕の方を振り返り、自分に言い聞かせるように「大丈夫ですよね」と何度もうなずく。

「でも……」

西野さんが小さな顔をほとんど覆うようにして、目だけを覗かせながらつぶやく。

「これ、本人からの連絡かわかんないじゃない。もしかしたら……」

西野さんが大きな瞳でじっと成宮さんを見つめて続ける。

「死人からのメッセージかも」

成宮さんは真っ青な顔をしてスマホを床に放り投げた。

「あれ？　成宮さん、どうしたの？　代替機って書いてあるね」

五味についての講義スライドを見せようとスマホを出した成宮さんに、瀬川さんが首をかしげる。

僕と中村、そして成宮さんの間でちょっとだけ共犯者めいた妙な空気が流れ、成宮さんが少し緊張したような声でこたえる。

「落としちゃって」

「なんだ、俺と同じか！」

「なるちゃんは、瀬川さんが心配でスマホを落としちゃったんだからね」

綺麗に盛り付けたフルーツ皿を持って西野さんが戻ってきた。「嘘じゃないでしょ？」

というように僕たちを見てにんまりと唇の端を上げる。

「マジで！　でも成宮さんは無事でよかったよ」

瀬川さんが嬉しそうに破顔したあと、しみじみと成宮さんの無事に感謝するように微笑む。

あの日、瀬川さんは駅の階段でスマホを落とし、拾おうとした瞬間にすれ違った乗客のカバンか何かがあたり、バランスを崩してそのまま階段を転げ落ちたらしい。落ちていく途中で右腕から妙な音がし、「あ、折れたな」と思ったとのことだった。痛みを感じる前に、とりあえず遅れる旨を連絡してくれたそうだ。

「でもさ、人身事故って言うかぁ？」

「事故は事故だろ」

拗ねたように瀬川さんが言って、ちらりと僕を見る。

「お前の仕上げだけどさ、」

瀬川さんは面倒臭そうにため息をついて、

「たぶん今回の結果に関係ないから。お前がちょっと手を加えるくらいで損なわれるようなもの、俺は作ってない！　だから、つまり……」と、珍しく語尾をゆるゆると濁らせていく。

「つまり、基本からまーったくダメってことでしょ。課題のミールスとしては」

あとを引き取るように、西野さんがあっけらかんと一番痛いところを口にする。

「そういうこと」

瀬川さんが西野さんの潔さに苦笑し、ぽふん、と枕に寄りかかり、僕をちらりとも見ずにつぶやいた。「気にすんな」

普段は容赦ない瀬川さんの言葉だからこそ、確かにそうかもしれない、と素直に思えた。僕のせいだと思い込む方が図々しいと。

成宮さんもうなずいて微笑んでくれている。その笑顔を見ながら、「でも、」と心の中で思う。成宮さんは「この前と同じ分量」と指示してくれていたのに、僕は従わなかった。

言われたことをきちっとやることだけには昔から定評があったのに……。自己嫌悪。成宮さんと目があうと僕は目をそらしてしまった。

「じゃァ、さっき瀬川が言ってた、えっと」

「五味」

「ゴミ?」

「五味!!」

西野さんが指を折りながら数え出す。

「えっと、甘味、辛味、苦味、酸味、旨味……だっけ?」

首をかしげて成宮さんを見る。成宮さんも同じように首を傾けながら、

「辛味じゃなくて塩味だったような?」

と言いながら自信なさそうに瀬川さんを見る。

「アーユルヴェーダとか中国料理では塩味も辛味も入ってたな。旨味っていうのは日本の発想だよ」

「お前は何でも知ってるなぁ」

中村は感心したようにしきりにうなずく。そう言われて瀬川さんがまんざらでもなさそうに「そうかな?」と嬉しそうにすると、すかさず中村はニヤッと笑った。

「そこが鼻に付くんだけどな」

「君は本当にいつも一言多いなぁ」

いつも通り嫌そうな顔を瀬川さんがしてみせる。でも、一呼吸も置かないうちに困ったような笑い顔になっていた。そして穏やかな声で続けた。

「たぶん、坂下さんが今回の『究極のミールス』に求めているのは、バランスだ」

西野さんが髪に手をやりながらうなずく。綺麗な髪をさらさらと陽にかざしながら考え込んでいる風だった。

「主役が多すぎたわけよね」

「監督まで目立とうとすれば、まとまりがなくなるわな」

中村が小さな声でつぶやく。監督というのは瀬川さんのことだろうか？　僕だけじゃなくて他の三人も同じことを思ったようだ。

「いや、別にお前じゃなくて」

中村は瀬川さんをフォローしてから、眉を寄せて言葉を探すように言う。

「比喩だよ。なんか、こう。もっと全体的な感じ」

比喩なのか。この前から中村は言いたいことをおさえているような気がする。いつもスッパリと言いたいことを言って、やりたいことにまっしぐらに進んでいくのに。今は山の中で本当は頂上への近道を知っているのに、僕らの歩みに合わせてじっとこらえて足並みを揃えようとしているように見えた。

「どうしたらいいのかな？」

僕が聞くと中村が顔を上げる。まっすぐに僕を見てから少しだけ目をそらして、小さく首を横にふった。ダメか。顔に出さないように落胆する。中村が言いたいことがあるのであればはっきり言って欲しかった。その代わりに、瀬川さんが僕をふりかえった。めずらしく弱気な顔をしている。

「俺たちが作るものって全然違うもんなぁ。好みも味も仕上げ方も」

「じゃあ、誰かが代表で作ったらいいの？」

西野さんの問いかけに、瀬川さんが「かもなぁ」とうなずくと、成宮さんが困ったように眉を下げてみんなを見回した。

「でもそれだと7班で作ったことにはならないんじゃないですか」

「レシピはみんなで考えればいいんじゃないか？　全体的な味のバランスは作り手に任せるけど」

瀬川さんの提案を聞いて、成宮さんは「確かに」とかすかにうなずいた。

「それが、いいのかなぁ？」

思わず出た僕の言葉は反対寄りの賛成といった感じのニュアンスだった。中村をのぞいた三人が僕の顔を見る。中村はなぜだか口を押さえるようにして天井を眺めている。悩んでいるんだろうか。

中村と始めた間借りカレーもそのスタイルだった。中村はコスト管理や店舗のオペレーションに専念して、直接料理をすることはなかった。それでも、僕だけのカレーだなんて思わなかった。でも、なんだろう。今回はなんだか違う。もっとみんなの味を織り込めないだろうか。うまく言えない。やっぱり瀬川さんの提案が一番良い気もする。成宮さんと一緒であれば、この前みたいに勢いだけで作ってしまうこともないだろう。

僕が合意を示そうとした時、

「あぁ～!!　もうだめだ!!」

突然中村が、プハァー、と勢いよく息を吐き出して叫んだ。

「いいんだって。そのままで!!!」

みんな目を丸くして中村を見つめる。瀬川さんが小さく咳ばらいをして、

「だから。そのままにするのが難しいからこうして」

と、小さな子供に言い聞かせるようにゆっくりと説明しようとしたが、

「面白いじゃん。面白いものをそのまま活かしておけばいいんだよ」

中村は勢いを弱めることなく、その場の全員の顔を順番に見る。そして、最後に僕の顔を見つめて小さく深呼吸する。

「考えろよ、ちゃんと。流されんなよ」

ささやくような小さな声だったのに、これまでよりもズシンと僕の中に響いてきた。中

村が何を僕に期待しているのかわからない。そして、それを確認するための上手い言葉も思い浮かばなかった。僕は「何を言ってるんだよ」という風に笑ってその場をやり過ごそうとした。いつもなら中村は、そんな僕を見て、ため息をつきつつも僕の意図を汲んで説明するなり、違う話題に切り替えるなりしてくれるのに、今は違った。

中村は僕だけをじっとまっすぐに見て動かなかった。

「俺はお前に」

僕に？　中村の言葉を待った。

だけど次の言葉はいくら待ってもやってこなかった。中村はじっと僕を見たまま動かない。みんなも黙って僕を見る。中村は何を僕に期待しているんだろう。どうしたらその期待に添えるんだろうか。僕の頭の中ではその問いかけだけが、ぐるぐると回り続けている。何を考えればいいのかもわからないまま、結局僕は、

「わかった。もう少しだけ考えてみるよ」

としか言えなかった。

自分の味もまだうまく見つけられない僕が、何を見つけられるというのだろうか。

# 第12話　9月、冒険の記録未満

誰もいないキッチンはステンレスのシンクが白々としていて、時間が止まったように何の音もしなかった。普段はたくさんの音に満ちているせいか余計に静けさが気になって、コンロの上に置かれたままだった鍋を軽く弾いてみた。カン、と鈍い音がしてホッとした。いつもと同じ学校のキッチンだ。

瀬川さんのお見舞いに行ってからずっとモヤモヤと考え続けていて、だんだん何を考えたらいいのかわからなくなっていた。

家にいるのも何だか息苦しくて、かといって外を歩いたりカフェに行ったりする気にもなれなかった。講義が始まるまでにはだいぶ時間があった。だけど、できるだけ一人でいられる場所を見つけたくて学校のキッチンに来てみた。

思っていた以上の静けさが広がっていて、ひんやりとしたカウンターが頭の中までひやしてくれそうで気持ちいい。

ぽたぽたん、と小さな水音がした。もう一度聞こえるかと耳を澄ました途端、

「あれ、早いね？」

と、突然の声が僕の後ろから聞こえた。振り向くと、淡いグレーのテーラードジャケットを脱ぎかけた坂下さんがびっくりしたように僕を見ていた。

「すみません！」

あわてて立ち上がろうとした僕に、坂下さんは、いいよいいよ、と両手で僕を押しとどめるようにしながら、

「試作？」

と聞いてくれた。僕は小さく首をふる。本当はそうするべきなんだろうとはわかっているんだけど、何も作る気にならなかった。

坂下さんはちらりと僕を見たけれど、それからしばらくは何も言わずに調理の準備をしていた。眠っていたキッチンがゆっくりと目を醒ますように少しずつ音が増えていく。

床をこする足音。買い物袋の音。冷蔵庫の扉が開く音。鍋がカランとコンロの上に置かれ、ポンとコンロの火がつけられた。指先から徐々に体を動かしていくようにゆっくりと、でも確実にキッチンの準備が整っていく。

気持ちの良い音だった。さっきまでは死んだような静けさにこのまま沈んでいたいと思っていたのに、今はもう少しこの音を聞いていたいと思った。でも、このままここにいるのも悪い気がして僕が立ち上がったら、坂下さんが顔を上げて僕を見た。

「よかったらちょっと手伝ってくれない？」

坂下さんの指示通りに計量したスパイスを、まとめてフードプロセッサーで砕く。すぐに香ばしいスパイスの薫りが立ち上ってくる。

「どれ？」

覗き込んだ坂下さんが小さく首をふる。

「もう少し」

そう言って、大きく切った玉ねぎを鍋に放り込んで蓋をすると、ホールスパイスを別の鍋で炒め始めた。フードプロセッサーから目を離さないようにしながらも、どうしても聞いてみたくて僕は坂下さんに尋ねる。

「玉ねぎ、いつもああやって使うんですか？」

「あぁ、これ？　本と違うでしょ？」

僕の頭の上で坂下さんが笑った気配がする。

「はい。確かもっと小さく切って強火で炒めるって」

「その時の僕はそれが正解だと思っていたんだよ」

僕は手を止めて坂下さんの方をふりむく。坂下さんが僕の視線を受けて両眉を上げて見せる。

「そんなに簡単には見つからないんだよ。一生ものの正解なんて」

坂下さんはホールスパイスの鍋を軽く蓋で押さえる。オイルをゆっくりと鍋全体にしみわたらせるように回してから、パッと蓋を上げた。ぶわりとカレーシードの食欲をそそる薫りが立ち上る。そのまましんなりとしてきた玉ねぎの上に振りかけ、手を休めることなく炒め回す。

「僕がカレーを作り始めたのは学生の頃だったんだけど」

ちょっと言葉を切って、僕のひいたスパイスを指差す。慌てて手渡すと、お礼を言うように少しだけ眉を上げてから一気に鍋に投入して、軽々と鍋を回して火力を調整しながら炒め続ける。

「その時から、何度も見つけたと思ったんだけど」

じゅわっという音を立てて玉ねぎとスパイスが絡み合わさっていく。

「また新しい正解を見つけちゃうんだよね」

それは、がっかりしたりしないのだろうか。正解だと思っていたことが正解じゃないとわかった時に。坂下さんは僕をちらりと見て続ける。

「がっかりなんてしないな。まだまだ成長できる余地があるなぁって楽しくなるよ」

チキンが投入されてコトコトと煮込まれ始めたカレーに蓋をして火力を弱めると、坂下さんはまくっていた袖を下ろしながら微笑んだ。

「僕は、名人のように技を極めたいわけじゃないんだよ。僕の知らないことをどんどん見つけていきたいと思ってる。なんていうか、つまり」

坂下さんは言葉を探すようにちょっと天井を見上げて首をかしげる。

「冒険ですか？」

僕がそう言うと、坂下さんは「そう、それだよ」と嬉しそうに笑った。

「よくわかったね」

と、感心する坂下さんに僕は曖昧に笑って返しながら、さっきまで僕の中にあった大きな靄《もや》のようなものがスーッと晴れていくのを感じていた。悩んで考えることはまだまだたくさんあるけれど、悩み続けるのは間違っていないんだと思えた。

僕は今まで悩むということにあまり慣れていなかった。悩むフリは得意だけど、本気で悩むほど何かをしっかり考えようとしたことがなかった。みんなが悩まずやっているように見えることを僕だけが鈍臭く悩んでいるように思えたから、いつの間にか考えることを止めて、なんとなくこれが「正解っぽい」と思える方向へ流されていた。そのゆるい流れは一見とても気持ち良く僕を包んでくれるけれど、気づいたら自分の意思や気持ちはとても深いところに落っこちてしまっていて、探し出すのにとても力が必要に思えた。そんな力はどうやっても僕には出せないと思っていた。

コトコトと心地よい音を立てる鍋を見ていて、彼女が僕の家を最後に訪れた時のことを少しだけ思い出す。春が来たなと思えるような気持ちよい日で、彼女は満足そうに微笑んでいた。あの笑顔は、いっぱい悩んで考えて決めた自分の未来を、ようやくまっすぐに見つめる勇気が出た証《あかし》だったのかもしれない。

あの日の僕には、彼女はあっさり自分の道を見つけて悩むことなくどんどん進んでいったように見えていたけれど、本当は色々考えて考えて、ようやく芽吹いた未来への決断だったのかもしれない。もしいつか彼女が僕のカレーをもう一度食べに来てくれたら、あの日のことを聞いてみたい。

坂下さんと一緒にキッチンを片付けながら、ふと、母さんのことを話してみたくなった。

「母がよく言うんです」

「お母さん？」

僕の突然の言葉に、坂下さんが不思議そうに首をかしげて手を止める。

「はい。レシピは冒険の記録だって」

「冒険の記録」

僕の言葉をもう一度繰り返してから、坂下さんは目を閉じた。それこそ過去の冒険を思い出すようだった。そして、「いいね」とつぶやくと、ゆっくりと口元に笑みを浮かべて、じっと僕の顔を見た。坂下さんの視線は僕を見ているようで、もっと奥の方を眺めているようだった。そこには坂下さんの冒険の記録が積み重なっているのだろうか。

聞いてみたい。

坂下さんが積み重ねてきたことを。

「あの、坂下さんはなんでこの学校を開こうと思ったんですか？」

初めて会ったとき、坂下さんは「知識を全部放り投げようと思ってこの学校を始めた」と言っていたけれど、それはなぜなのかずっと気になっていた。

「理由は色々あるな。まぁ、一番の理由はさみしかったからかな」

「さみしかった、ですか？」

意外だった。坂下さんはみんなの輪の中心にいるのが似合う人で、そんなことを感じることがあるなんて思っていなかった。

「別に、友達増やしたいとかそういう意味じゃないよ。学生時代からこの世界に関わってきて、自分で言うのもあれだけどそれなりに成功した。さっきも言った通り、一つの形にこだわらずにいろんなやり方を試してきたのが良かったという実感がある」

自分の中の次の言葉を待つように、坂下さんは一度口を閉ざし、息を吐いてからまた話し出す。

「だけどね、やっぱり僕の大本みたいなものは、一番初めにカレーを勉強し始めたあの頃につながっている。そう思ってる。僕は新しいことが好きだし、試したい。そんな風にしてきたことを後悔してはいないけど、その大本の部分をいつか忘れてしまうかもしれない、というのはやっぱりさみしいと思ったんだ」

僕にとっての大本はどこだろうか。

「それで、僕の中にある知識を全部放り投げて、一つでも引き継いでもらおうと考えた。わずかでも、僕たちがそこに関わっていたんだと、いつの日か勝手にほくそ笑んでやろうと思ってね」

坂下さんは「僕たち」と言った。

その瞬間の坂下さんは、僕よりもずっと年下に見えた。

もう一度、にっこりと笑うと僕の肩をポン、と叩いてから坂下さんは言った。

「あの味、大事にしろよ」

僕が黙ってうなずくと、坂下さんは手早く残りの鍋を洗い上げ、「遅刻しないように」と言い残して、あっという間にキッチンをあとにした。

ぽたん、とどこかの蛇口から水音がした。ここに来た時と同じように僕は一人キッチンに残されたのに、キッチンはあの時とまるで違う場所のように見えた。廊下の向こうから人の気配が近づいてくる。ここでまたきっと誰かの新しい味が生まれて、誰かにとって思い出の味になるかもしれない。

母さんが送ったと言っていたレシピノートのことを思い出す。瀬川さんのレシピと同じようにみんなで共有しようと思っていたのに結局まだ手をつけていなかった。

母さんは料理番組や雑誌で気になる料理が紹介されていたら、いつもそのノートにメモを取りながらレシピを自己流にアレンジして記録に残していた。何冊にもわたるメモの中に、もしかしたら母さんの大学時代の記録も残っているのだろうか。今の僕よりも若くて、料理の仕事をすることを夢見ていた頃の、母さんになる前の姿をイメージしようとしたけれど、くすぐられるような気恥ずかしさが邪魔してできなかった。

ただ一つだけはっきりと感じたのは、まだ僕は冒険の記録すらつけていないんだから、もっと悩んでみたっていいんだってことだった。

# 第13話　9月、裏切りのカレーライス!?

確かにもっと悩んでみたっていいと思ったけれど。

「オイオイオイ、そこ、さっさとテーブル片付けろ！　あぁぁ、西野ちゃんは片付けいいから接客接客!!　ほい、成宮ちゃんこれ1番テーブルによろしく。オイ、そこの背がでかいの！　瀬川？　名前なんて聞いてない。テーブル片付けたら皿洗えよ。あと、お前！」

「はい！」

ビシッと背筋を伸ばしてしまう。

「玉ねぎ追加であと50個は切って炒めとけよ」

僕は今いったい何をしているんだろうか……。もう何十個目かわからない玉ねぎに手を伸ばしながら考える。

「中村ぁ……」

僕の隣から呪いのこもった声が漂ってくる。絶賛皿洗い中の瀬川さんだ。

「はいは～い、みなさん、一列に並んでくださいねぇ」

外から聞こえてくる朗らかな声の主をついつい恨みがましく思ってしまう。

何がもっとちゃんと考えろだよ、とあの時のまっすぐな目をした中村を思い出す。

僕たち全員、中村に売られた。

なんでこうなったんだっけ、と玉ねぎ色に染まり始めた記憶を遡《さかのぼ》る。


何かが少しずつ見えてきたと、確かに坂下さんと別れた直後そう感じた。

だけど講義室に足を運ぶ間に、晴れたはずの心がまたうじうじと情けない状態に落ちていった。薄暗い廊下のずっと先にぼんやりと漏れる講義室の明かり。なんでこんなに廊下が暗いんだと文句を言いたい気分になって、ふと気づく。僕は自分の影の中に隠れるようにうつむいて歩いているんだと。

瀬川さんの病室であった一件以来、中村とまともに口を利いていなかった。僕が一方的に中村と顔をあわせるのを恐れていた。

あいつに投げられた言葉に向き合うのは、やっぱりまだ怖かった。

このまま講義を休もうかとも思った。

だけど、もし僕が顔を背けて今逃げ出せば、きっと二度と同じ場所には戻れない。せっかく気づきかけた何かが胸の奥でひらりと揺れる。うまく言えないその揺れを、誰と共有したいのか考えた。成宮さん、西野さん、瀬川さん。そして、やっぱり中村だ。

少しだけ明るく感じた廊下を僕はまっすぐに顔をあげて歩き出した。

だけど、中村は講義の間中、ほとんど僕の方を見ることはなかった。

「中村っち、もう帰るの？　打ち合わせは？」

中村が講義終了とともに、すごい勢いで帰り支度をし始めたのを見て、西野さんが目を丸くする。

「わるい。極秘任務遂行中なのだよ」

意味があるのかないのかわからないようなコメントを残して、中村は猛スピードで講義室から出て行った。

あいつはあいつでやっぱり僕のことを避けているようにしか見えなくて、振り返らずに出て行った中村の後ろ姿が凄く遠く感じられた。喉に詰まっている、この言えなかった言葉はなんだろうと。ぽん、と軽やかに僕の背中を誰かが叩く。詰まった何かが少しだけ解けた。

「ねぇー、ご飯食べに行こうよ。お腹すいたぁ」

振り向いた僕に西野さんが微笑んだ。その隣には同じく笑顔の成宮さん。そしてポーカーフェースの瀬川さん。だけど瀬川さんの目の端は中村が去っていった方向を追っていて、困ったような寂しそうな色が漂っていた。僕と目があった途端、精一杯に何ともなさそうな顔をした。あぁ、そうか。僕は一人で迷っているつもりになっていたけれど、みんな同じなんだ。

「うん行こう」

そう答えた僕の声は揺れてはいたけど、明るい音色だった。

お昼時のエレベーターはいっぱいで、成宮さんと西野さんに先に乗ってもらい、珍しく僕と瀬川さんの二人きりになった。

「なんで君と二人なんだよ」と言いたげに目を細めて僕を見る瀬川さんの視線に耐えつつ、ちょっと考えてから話題をふる。

「今日、坂下さんと一緒に料理をさせてもらいました」

瀬川さんが僕をじっと見る。

「で？」

そう問われると困る。

坂下さんとの会話を思い出すが、まだ何も自分が得たこととして報告することが見つからない。

「僕はまだまだ悩む必要があるんだなってことはわかりました」

坂下さんはいまだに正解を探して歩き続けていると言っていた。そう言い切れるようになるまでにはとても長い道があったかもしれない。

逆に、もしかしたら坂下さんにはとても簡単なことで、何の困難もなかったのかもしれない。でも、僕はずっと自分のことを本気で悩むことすらしていなかった。何かを見つけようともがくことから始めてみようと思った。

「ふーん」

瀬川さんは成宮さんが作ってくれた資料をめくりながら、

「悪くないね」

彼には「自分探し?」と揶揄《やゆ》されるかと思っていた。真剣に1枚1枚の資料に目を通す瀬川さんも、何かをずっと悩みながら探し続けている人なのかもしれない。

外に出たら西野さんと成宮さんが地面に座り込み、「ネコ!　ネコ!」と嬉しそうに声をかけていた。彼女たちに囲まれた真っ白なネコが、優雅に尻尾を振ってこっちを見る。

「あれ?　まさか、お前……」

「知ってる子?」

「近所のネコに似てる気がしたけど」

さすがにここは遠すぎるか。成宮さんの注意がそれた隙に、その白ネコはひらりと塀の上に飛び乗り、ピンと張った尻尾をもう一度優雅にふった。ちょっとだけ僕らの方を向いて「ニャー」と鳴くとあっという間にどこかに消えてしまった。

「アァー、行っちゃったぁ」

残念そうな西野さんの声を聞きながら、僕もネコが消えていった方を眺めていたら、ふと思いついた。

「中村屋かぁ」

「え？」

アイディアの種を見つけた気がした。

小さな種が逃げないようにそっと手で囲みながら、まずは中村に話したくて仕方がなかった。

そして。

あの5月の朝と同じように僕のスマホが鳴り出した。

「中村？」

「うぉっ、出んの早すぎだよ」

ワンコールも待たせずに出た僕に驚いたような焦り声が聞こえたけれど、すぐに真面目な声で中村はつぶやいた。

「わるい。助けて欲しいんだけど。お前らの力が必要なんだ」

「いやぁ、助かったわぁ。お前らがいなかったら絶対まわせなかったし」

溌剌《はつらつ》とした笑みを浮かべた中村が僕の目の前で美味そうにビールを飲む。こんなに美味そうにビールを飲んでいる奴を殴ってやりたいと思ったのは初めてだよ。

何時間働かされたのか。何人のお客さんをさばいたのか。すっかり時間の感覚を失った僕らがようやくお客さんがはけた店内にぐったりと座り込んだときには、とうに夜も更けていた。

「すまなかったね。ビールは全部俺のおごり、カレーも好きなだけ食べていいからね」

さっきまで僕らを奴隷のようにこき使っていた熊のような店長が、人が変わったようにニコニコとして、ビールやらつまみやらカレーやらを甲斐甲斐しく差し出してくれる。

「モォォ、お昼抜きだったんだからね！　スイーツもつけてください!!　中村っち！　さっさとコンビニに行ってあるだけケーキ買ってきて!!」

西野さんの指示で中村が飛び出していく。

まだ動ける体力があることには感心する。

「あの、それで、ここは、店長さん？　のお店なんですか？」

差し出されたビールを恐々と受け取りながら、成宮さんが目を泳がせながら熊のような店長に尋ねる。熊のような店長に、エサとして食べられるんじゃないかと怯えているのかもしれない。

「あぁ！　あいつ何にも説明せずに君たち連れてきたんだ」

全員でうなずく。中村が僕たちに伝えたのは「助けてくれ」だけだ。ここがカレー店だというのはわかっているけど、いったいここで何が起きて、なんであんなにすごい数のお客さんが来て、僕らの手伝いが急遽《きゅうきょ》必要になったのか何にも聞いていない。店に入る時に見たけれど、特に看板も掛かっていなかったと思う。間借りカレー店なのだろうか。

「あいつもあいつだけど、君たちもこんなわけわかんないところによく手伝いに来てくれたねぇ」

ガハハ、と熊の店長が豪快に笑う。

「まぁ、仲間なんで」

渋い顔をしたまま、瀬川さんがどうってことのない口調でさりげなく言った。僕は思わずカレーをよそっていた手を止めてしまった。生まれて初めてその言葉を聞いたような気がした。

『仲間なんで』

肉体労働がいかにも似合わなそうな瀬川さんが、袖を捲り上げながら必死に皿洗いをし続けてくれた（しかも片手はギプス状態）。熊の店長の迫力に押されて断れなかっただけだと思っていた（それもあるかもしれないけど）。

『仲間なんで』

そう言った瀬川さんの声はとてもさらりとしていて、照れもごまかしも何にも含まれていなかった。

「おい。早くカレー配ってくれない？　いつまで待たせるのかな？　君は」

フリーズしていた僕を見返して、瀬川さんは形の良い眉を思いっきりしかめる。いつも通りの瀬川さんなんだけど、ついその顔を見ているだけでにやけてしまう。

「気持ち悪いな……。……いいから、君も休めよ、な？」

妙に優しくなった瀬川さんの声を聞きながら、気合いを入れて熊の店長が作ってくれたカレーを張り切ってみんなに配る。

「お待たせしました！」

「いいから、君も座って食べろ。な？　しかし、このカレー、ずいぶん色が黒いな」

「そう。面白いでしょ？　瀬川さん、皿しか洗ってないから見てないもんねカレー」

「それに、この薫り……」

いつものようにカレーの批評をしようとしていた瀬川さんが、突然ガバリと頭を上げて熊の店長をふりかえった。そのあまりの勢いに、カウンターに座ってビールを飲んでいた店長が顔をあげる。

「どうしたぁ、どんどん食べてくれよ。俺が作った5年ぶりのカレーだぞ」

ほんのりとビールで赤らんだ顔をにんまりと緩めて熊の店長が微笑む。5年ぶり？　そんなに長い間本当に作っていなかったのだろうか。なのにあんなにお客さんが来るなんてすごいことなんじゃないだろうか。

「ブラウン・シュガー……」

瀬川さんがつぶやいた。茶色い砂糖？　そんなに甘みが引き立つカレーなんだろうか？　僕も食べてみようとスプーンを握る。刺激的な薫りの中に、確かに果実のような甘みの漂う特徴的な匂いがある。でも、この匂いは、

「砂糖じゃないですよね？」

と尋ねた僕の言葉は瀬川さんに届かなかった。

「ブラウン・シュガーの鹿野《しかの》さんですよね？」

瀬川さんの声はかすれ、色白の頬がほんのり色づき、いつも少し細めているような切れ長の目はこれ以上ないくらいに開かれていた。

「嘘!?」

西野さんが目を輝かす。成宮さんは僕をふりかえり、「知ってます？」と尋ねたそうに首をかしげた。僕も首をひねり返すしかない。

「ブラウン・シュガーっていうすごい有名なスパイスカレーのお店があったの。いっつも行列で、最後の方は常連の紹介じゃないと入れないくらいに大人気で……、で、ある日いきなりお店閉めちゃった」

西野さんが囁くように教えてくれた。いつもなら嫌になる程教えてくれる瀬川さんは、背筋を伸ばして店長に向き直ったままだ。僕らの声が耳に入らないくらい緊張しているように見えた。瀬川さんのその様子を見て、熊の、じゃなくて鹿野さんは、ブハハァとビールを噴き出しながら笑い出した。

「あんたたちの年でも覚えてくれる人いたんだ」「もちろんです!!!」

瀬川さんは鹿野さんの言葉が終わらないうちに高速でうなずきだす。

「ブラウン・シュガーが俺の人生変えたんです!!」

「っんな大袈裟なぁ」

鹿野さんがやめてくれよぉと手をひらひらと顔の前でふる。

瀬川さんはギプスで固めたままの右手をブンブンとふり回しながら、顔を上気させて話し続ける。

「いや、ほんと、大学3年の時に偶然出合って、それからずっとこの味が忘れられなくて、とにかく、話すと長いんですけど、色々話していいですか?」

「……長いの? 今度でいい?」

「大学3年の夏なんですけど、その時たまたま一緒に遊んでいた同じ学科の子が」

「……話すんだ」

「はじめはフレンチを食べたいとか言っていたんですけど、ちょうど原宿を歩いていた時に行列のあるお店を見つけて、」

鹿野さんがそろりそろりと瀬川さんから距離をとるようにカウンターの上をスライドし、助けを求めるように僕らの方に視線を投げる。こんな瀬川さん、見たことない。見たことないし、さすがに僕には止めるのは無理だ、と西野さんに視線を飛ばす。その彼女の表情が思っていた以上に真剣で新たに驚いた。

「なんか、瀬川さんっていっつも高みの見物みたいな無駄にクールな姿勢崩すことなかったから新鮮。あのテンチョーさんには悪いけど、好きなだけ喋り倒してもらいたいくらい」

カレー皿を片手に持ったまま、西野さんは大きな瞳で全部スキャンするようにじっと瀬川さんを見つめていた。珍獣を見学する気分なのだろうか。

「鹿野さんとはモロッコのスークで会ったんだよ」

もう一人の珍獣が帰ってきた。


モロッコの、品質は良いが価格も高いことで有名なスパイス店での値切り交渉中、中村がようやく言い値の半額まで落としたとき、隣にいた客が10分の1の値切りに成功し、店内の客から喝采を浴びた。陽に焼けてアジア人にも見えないその謎の客が鹿野さんだったそうだ。

「インド、中東、北アフリカからヨーロッパまで渡り歩いて、いろんなスパイスを集めまくってるこのおっさん何者だよって思ったね」

中村の言葉に鹿野さんは「いやいや」と手をふりながら顔をほころばせる。

「ただのカレー屋だよ。ここ5年はスパイス屋ね。5年ぶりに店を開けてみようと思ったのは中村のおかげもあるな。妙に楽しげに間借りやら学校の話をしてくるから」

中村は何を話したのだろう。気になる。僕の視線を感じたのか珍しく気恥ずかしそうに肩をすくめて立ち上がると、小気味いい音を立てて煮込まれている鍋のカレーを大盛りによそい、一口食べるなり、ぎゅっと目を閉じて体を震わすようにして「たまらん」とつぶやいた。

確かにたまらない。カレーというよりもブラウンシチューに近いくらいの濃い色味。何か一つのスパイスが際立つというよりは、もう家族のようにひとかたまりになった状態で薬草のような独特の薫りを漂わせている。

「全然知らなかったです。今日だけ再オープンしてたなんて」

瀬川さんが悔しそうな声音でそう言った。

「知り合いに直接伝えただけだからね。だから朝来てびびったよ。俺が準備する前からすごい人が並んでて。それで中村通じて君たちに助けてもらったってわけ。ほら、どんどん食え」

始めの一口。深みのある甘さがじんわりと広がり、すぐに苦味と辛味。大したことのない辛さに思えるのに、あっという間に額に汗が噴き出してくる。食後には、体の細胞がすっかり入れ替わってしまったんじゃないかというような独特の爽快感が全身を満たす。

「この甘味は砂糖じゃないですよね？」

「デーツだよ」

成宮さんが鹿野さんに尋ねると、ニッと笑った鹿野さんは特別だと言って教えてくれた。

「デーツ？　あの、モロッコとかにあるやつ？」

「そ。分量とか他の材料はさすがに企業秘密でよろしく」

もっと尋ねたげな西野さんはちょっとだけ不満げに唇を尖らせてみたけれど、すぐに気分を切り替えたように中村に向き直った。

「中村っちのスパイス仕入先が鹿野さんだったなんてねぇ。それは美味しいはずだよ」

お代わりしたばかりのカレーと戦いだした中村は、ほとんど顔も上げずにこたえる。

「らろ？　らからいったろ？　ひひスパいすくはひてくへるみしぇがあるっへ」

いいからまずは食べろよ。

「いや、君はもっとちゃんとした情報を伝えるべきだったろ？　いいスパイスを提供してくれるかどうかの前に、ブラウン・シュガーだなんて一言も言わなかったじゃないか」

「……ねぇ、なんで何言ってんのかわかんの？」

中村語を完璧に理解する瀬川さんを薄気味悪そうに見ながら、西野さんがちょっとしりぞく。僕、成宮さん、それに鹿野さんも同意。悔しいけど、僕にも中村の言っていることは理解できない。

「……いや、いや、これは違くて。なんとなく。あ！　君、ブラウン・シュガーのカレーに何するんだよ！」

一緒にしないでくれというように慌てて手を振ってみせた瀬川さんは、中村がカレー皿にどさりと何か粉のようなものを投入したのを見て顔色を変えた。

「何って、ゴマだよゴマ！　置いてあるんだから入れていいだろ？　いててて。ねぇ？」

皿を無理やり奪い取ろうとする瀬川さんを避けながら、中村が必死な顔で鹿野さんに助けを求める。鹿野さんはしばらく二人のやり取りを感心したように見学していたけれど、

「あぁ。構わない。そこらへんにあるもん適当にカレーに入れてもらっていいよ」

とよく通る声で宣言した。

確かにテーブルの上にはずらりと小瓶が置いてある。ただの飾りかと思っていた。

「これやっぱり入れてよかったんですね。一部のお客さんが利用されているのは何度か見たんですけど」

成宮さんが手近に置いてあった瓶をのぞきこむ。梅干しペーストというラベルが貼ってある。見ているだけでよだれが出てきそうなくらい、柔らかにつけこまれた梅干だ。

「こっちは小魚ピーナッツ。あ！　これはマンゴージャムだ」

西野さんが次々と瓶のラベルを読み上げていく。佃煮《つくだに》、味噌漬けニンニク、アーティチョーク、アンチョビ、プリザーブドレモン、オリーブ。これだけで世界旅行ができそうなくらい、たくさんの瓶詰めが揃えられていた。

「俺が出したカレーは自分好みに変えてもらって構わないんだ。ここに置いてある付け合わせは全部俺のお気に入り。じゃんじゃん好きな味にしちゃってよ」

「……いいんですか？」

よく作りこまれた手元のカレーと鹿野さんの顔を、思わずなんども見返してしまう。母さんの弁当も醤油の小瓶とかつけてはいたけど、圧倒的に自由度が違う。

人によっては味も盛り付けも全然違うものになってしまう。鹿野さんのカレーは、西野さんの師匠であるキーマカレー店の店長さんのカレーのような見た目の華やかさはないけれど、だからと言って決して適当なバランスで出来上がっている味じゃない。それを知っているから、朝からあんなにたくさんの人が並び続けて食べに来てくれたんだ。

さぁ、好きにどうぞ、と言ってこれだけたくさんの付け合わせを出してもカレーの美味しさにみんながひれ伏して、結局は鹿野さんの手のひらの上で踊ってしまう感じなのだろうか。

「いやいや。本当に好きにしてもらっても全然構わないんだよね。ほら、一人一人の客の気分や体調に合わせて味付けを変えるわけにはいかないけどさ。できたら最高なんだけど、俺はそこまでマメじゃないし。これなら今日の気分で色々楽しめるだろ？　だから丁度いいんだ。俺だってたまに佃煮かけて食べたりするし」

佃煮カレー、新鮮だ。

「こうやって見てるだけでも俺には思いつかない組み合わせをしてみせる人がいて、そのアイディアもらったー！　ってこっちにも旨味があるわけだ。ほら、君たちも俺にインスピレーション与えてみせてくれ」

やれるもんならね？　と笑う鹿野さんに西野さんが俄然《がぜん》やる気を出す。

「アイディア料金もらいますからね！　ほら、みんなやるわよぉ。なるちゃんも！」

瀬川さんだけは「でもブラウン・シュガーの味が……」とつぶやいていたけれど、みんな物珍しさも手伝って次々にいろんな瓶を開けていく。

梅干しの隣にマンゴージャムを添える西野さん、レモンを散らした上にピーナッツを振りまく成宮さん。各自の世界がお皿の上に広がっていく。みんなの描き出す味を眺めながら、僕は母さんが配っていたカレーのおまけのスープを思い出した。3種類の日替わりから好きなものを一つ。

「そうか……」

同じだ。

「これだ」

思わず声が出る。

誰にも届くはずのない小さなつぶやきだったのに、たった一人僕をふりかえったやつがいた。瀬川さんをからかうようにあしらっていた時とは違う静かな顔をして、中村はじっと僕を見ていた。その顔は遠い昔の中村を思い出させる。まっすぐで、知らないものを警戒して、でも逃げないで僕に向き直ったあの時の顔だ。

「……で？　考えたのか？」

小学生の時も、5月の朝も、間借りカレーを始める時も、僕はいつもどこかで中村が僕を引っ張って行ってくれることを期待していた。自分が何をしたいのかよくわからなかったけど、中村についていけば何か意味があることが見つかる気がしていた。

「考えたよ」

今僕がすべき一番大事なことを考えて気づいた。

「美味しいの秘密を探るのって楽しいな」

「そんなの最初っからわかってただろ」

中村が呆れたように眉を思いっきり下げる。

そうだ。

知っていたんだ。

もちろんみんなと会ってすぐに知ったんだけど、それがどんなに大事なことなのか僕は全然気づいていなかった。わざわざ考えないとそんなこともわからない僕だ。だけど、それでいいんだ。


その夜の帰り道、僕が思いついた「究極のミールス」のアイディアをみんなに伝えた。

深呼吸をしてみんなの顔を眺める。

事前にきちんと仕込みをして食材にも妥協しない成宮さん。

しっかりとレシピを読み込んできて、求められている味を確実に再現してくれる瀬川さん。

他のみんなが思いつかなかった具材の組み合わせや鮮やかな配色で、常に新鮮な驚きを提供してくれる西野さん。

スパイスへの愛は誰にも負けない中村。

そして、まだまだ修行中だけどカレー作り歴はそれなりに長い僕。

「どうにかみんなの個性をそのまま活かせないかな?」

「でもそれって、ミールスかぁ?」

訝《いぶか》しげに顔をしかめる瀬川さんに、

「面白いよ。お手本通りに考えてても新しいものは生まれないよ。無難にまとめるよりは失敗したって価値があるんじゃない？」

　と、西野さんがいつもと違って真面目な顔でみんなに問いかけた。茶化すことなく真剣な顔で考える西野さんをじっと見かえすと、瀬川さんもうなずいた。

「まぁ、俺もこの手で参加させてもらえるなら、それはありがたいし。賛成」

　成宮さんも「賛成です」と言って、「2種類の違った形の『調和』を表現するわけですね」と感心したようにうなずいてくれたけど、そこまで深い意味では考えていなかったから少し気恥ずかしい。

　そして、みんなが中村の方に視線を移す。

　さっきから一言も発さずに難しい顔をして考え込んでいる。

「中村、どうかな？」

　僕が声をかけると、ため息をつきながら目を細めて僕を見る。

「つまり、俺の真似だよな？」

「うん。正直に言って、カレーの部分はそのままだね」

　中村がじっと僕を見たまま唇を噛みしめる。こんなに中村が気にするなんて思っていなかった。賛成してくれると思っていた。他の三人が僕と中村の様子を心配そうに見守る。

　僕は、三人に「だいじょうぶ」という意味をこめてうなずくと、中村に向き直った。

「はっきり言うと、僕は中村が僕に期待しているのが何なのか結局わからなかった。僕が思ったのはとにかくみんなでやりたいってこと。どうしてもみんなで一緒にカレーを作りた……」

最後まで言えなかった。中村の大きな声に遮《さえぎ》られたから。

「いやーーーーーー!!!　中村屋復活だなぁーーーーー!!!」

そう言って、ばんざーいと大きく手を上げてから僕の肩を抱くようにしてバシバシと叩く。

「あれめっちゃうまかったよな。お前のカレーだけのけ者にしちゃったけど」

「中村っち、怒ってたんじゃないのぉ？」

西野さんのあっけにとられた顔は貴重だなと思いつつ、僕も同じことを中村に聞きたかった。けど中村に叩かれ続けている肩が痛くて声が出せない。

「怒ってる？　俺が？　いやいや感動をかみしめていただけだよ」

どうやら僕の案に賛成してくれているようだった。ほっとすると同時に、中村がいてよかったと思った。ニッと笑う中村にうなずいてみせる。

「えー……、君たち二人の間に割って入って悪いけど」

瀬川さんが冷ややかに笑う。

「で、どうやって準備すればいいのかな？」

中村と顔を見合わせてうなずき合う。中村が他の三人に向き直り、こほん、と咳をしてからゆっくりと宣言する。

「中村式カレーのレシピを伝授します」

# 第14話　9月、スパイスケーキと台風

雨の響きが降ってくる。驚くほど暗くなった空から打ち付けるように雨が降り続いている。風がだいぶ強くなってきたせいか、換気扇から文字通り悲鳴のような音がなる。空気が逆流しているんだろう。

このまま使い続けるとどこかに飛んで行ってしまうか、ピクリとも動かなくなるかの2択な気がして、諦めてスイッチを切る。一瞬の静けさを感じたあと、それまで聞こえていた換気扇の轟々《ごうごう》という音と入れ替わるように、雨音が部屋の中に流れ込んでくる。

今期の最後の授業が明日に迫っていた。

この季節の下ごしらえは最低限にしておこうとチキンの下味だけつけて、あとは料理をする気はなかったのに、せわしない雨音を朝から聴いていたら妙にそわそわしてしまい、結局、練習代わりに今夜の夕飯もカレーにしてしまった。

エアコンが頑張ってはいるものの、鍋を火にかけたまま換気扇を止めると湿度がどんどん上がってくる。キッチン脇の小窓に手をかける。何筋もの水の流れが休むことなくうね

うねと流れ続けていて、少し流れが弱くなった部分は、あっという間に他の大きなうねりに飲み込まれていく。いつの間にか細い流れの筋を応援するような気持ちで眺めていたけど、それもすぐに消えてしまった。

どうしてもじっとしていられない。仕込み中のチキンはやっぱりもう少しスパイスを強くした方がいいかもしれない。味付けを変えようと冷蔵庫を開けると、昨日、西野さんと成宮さんが作ってくれたケーキが目に入った。西野さんが僕に言ったことを思い出して苦笑する。

昨日からすでに台風が近付いてきている気配が満載で、雨が降り続いていた。それでも、成宮さんの家のキッチンは相変わらず、どうしてこんなに日差しを集めることができるのだろうか、と不思議に思うくらい明るくて心地よかった。各自の準備するもの、当日のタイムテーブルをみんなでふりかえり、話すことがなくなったところでなんとなくみんなで顔を見合わせる。

この日はみんなで集まって調理はしないことに決めた。みんなで決めたレシピを担当する場合以外は、できるだけ自由に作ることにしたため、相手が作ってくる内容を知らない方がいいだろうということになった。

「それにしてもなぁ」

瀬川さんが眉を下げて天井を見上げるとつぶやく。

「俺がこんな素人っぽいレシピに加担するなんてなぁ」

「いやなら作んなきゃいいじゃない？」

西野さんがあっさりと言う。でもその顔は笑っている。

「そんなことは言ってない」

そうさらりと言って西野さんと同じような笑いを浮かべた瀬川さんは、僕の作ってきたコンセプトをまとめたリーフレットに目を落とす。

「だいたい、なんで〝中村屋〟っていう名前なんだよ」

不満そうだったのはそこか。中村がにんまりと笑った。

「なぜなら20年近く前に俺が考えたレシピだからだよ」

「レシピっていうほどのものではないけど……」

僕が補足すると中村がちょっとふくれる。瀬川さんは僕と中村のやり取りを聞き流すようにうなずくと、

「で、ラッサムがキーになるわけか」

古いノートから書き起こしたレシピを、もう一度見直すようにしてうなずく。そして、全員をぐるりと見回すようにして、瀬川さん自身にも確認を取るようにゆっくりと言った。

「ラッサム担当者は失敗できないわけだ」

「大丈夫」

「大丈夫です」

「大丈夫よ」

「大丈夫だろ」

　ほとんど同時に瀬川さんの言葉にみんな反応する。満場一致の反応を見て、瀬川さんが笑ってうなずいた。

「まぁ、大丈夫だな」

「直前になってうだうだ考えたって仕方ないもん！」

　西野さんがうーんと体を大きく伸ばしながら明るく言う。そして、不機嫌そうな顔に見えるようにかわざとらしく眉根を寄せて、

「で、直前になってうだうだしそうなのが君だ！」

　と僕を指さした。

「僕？　瀬川さんじゃなくて？」

　瀬川さんが、おい、と僕の方に抗議の声を上げたが、西野さんはブンブンと首を振る。

「瀬川さんは一度決めたことに対して悩んだりしないよ」

　少しだけ嬉しそうな顔をした瀬川さんに投げつけるように「だって、自分のこと大好きだから」と微笑む。アメとムチなのか。でも、考えるまでもなく、確かに僕は直前になっ

てきっとうじうじと考えだすだろうなと思った。本当にこんなレシピでいいのかとか、もっと華やかな味にした方がいいのかとか、他の人の持つ何かを目指そうとしてしまう。それまで確かに思えていた足元が急に信じられなくなって、オロオロとたちどまってしまう自分の姿が予期できる。

未来が見える。

ため息が出る。

僕の表情に不安がみるみるあふれてきたのだろう。西野さんはちょっとだけ「ほら図星」と言うように微笑むと、すぐに柔らかな声で続けた。

「安心して。あたしとなるちゃんが、そんな不安を取り除くべく、癒しのスパイスケーキを焼いてあげたから」

「スパイスケーキ?」

僕の言葉ににっこりとうなずくと、成宮さんがオーブンに向かい、大きなお皿にのったケーキを取り出した。藍色のお皿にのった丸いケーキは柔らかなキャメル色で、お皿のふちには白い花びらがはらりと飾られている。まだ温もりが残っていて、甘い蜂蜜の薫りと凜としたカルダモンが漂ってきた。

仕上げにピスタチオをふりかけてから成宮さんが切りわけてくれる。さくりとナイフで切るとふわりとした香ばしい匂いが立ち上る。

「アーモンド」

鼻に意識を集中させるように目をつむって中村が言う。

「当たり！」

「材料はすごくシンプルなんですよ。小麦粉、アーモンド、ピスタチオ、カルダモン。あとは」

「秘密！」

西野さんと成宮さんが嬉しそうに顔を見あわせて笑いあう。

サーブしてもらった一切れにフォークをさす。アーモンドの香ばしさとカルダモンのすっきりとした薫りが鼻先をくすぐり、そのまま一口食べる。ほんのりとした甘さと柔らかい酸味を感じる。

「ヨーグルト入ってる？」

「正解です」

成宮さんが大きくうなずく。

「俺、ケーキって食べないんだけど」

瀬川さんが言うと、西野さんが「じゃあ、」とお皿を取り返そうとする。慌てて瀬川さんが言葉を続ける。

「食べないんだけど、これはすごくうまい、残り全部を持って帰りたいくらいだよ」

「素直でよろしい」

キッチンがとても明るく感じたのは、このケーキがあったからなんだと思った。僕たちが来るずっと前から、成宮さんと西野さんはきっとケーキを焼いてくれていた。みんなが来る前に二人で僕たちのために。その時の気持ちや、笑顔が、キッチンいっぱいに広がっていたに違いない。

「いい？　こんなシンプルなケーキだって美味しいんだからね」

西野さんが念を押すように僕に言った。


そんな昨日の出来事を思い出しながら、冷蔵庫から取り出したケーキをきちんとお皿にのせ、熱いコーヒーを淹れた。

何かをしなくちゃと気ばかり焦ってしまうけど、こんな風にケーキとコーヒーを楽しんでいる時間は、別に何かをし損ねているわけじゃない。

ケーキを一口食べる。昨日よりスパイスの華やかさは弱まっていたけれど、かわりにしっとりとした柔らかさが増している。体の中にじっくりと沁みていくような優しい味だ。

コーヒーを一口すする。自分で淹れたいつも通りのコーヒーが特別に美味しい気がした。

西野さんと訪れたカレー店の店長さんを思い出す。なんでもないコーヒーが特別な味に変わることもある。

風の音が少し遠のいた気がする。コトコトと鍋が煮立つ音が小さく聞こえ、豆の甘い薫りが漂ってくる。会社を辞めてから時間はできたはずなのに、こんな風に何も考えずにぼんやりするのはとても久しぶりだった。クリームもフルーツも載っていないとてもシンプルなケーキは、お店に並ぶともしかしたら最初はなかなか売れないかもしれない。でも、食べた人がきっと次も買いたくなる味だった。何にもない日に、自分や家族のためにふと買って帰る。そんなケーキ。

僕もそういう風になりたいと思った。強く思った。

鳥の鳴き声に気づいて窓を開けてみたら、世界が洗い終わった後のように輝いていた。空には忘れ物のようにポツンと浮いた小さな雲以外は見事に何にもなくて、西の空の夕焼けの気配がうっすらとにじみ出していた。

通り過ぎる風が心地よい。

もう一度、今日みたいに空が洗われたらきっと夏は終わる。

# 第15話　夏の終わりのさいごの授業

　翌朝は清々しい台風一過の青空が広がっていた。駅まで歩くあいだ、ここ数日聞こえなかった蝉《せみ》の大合唱がいたるところにふりそそいでいる。これだけ聞こえると、逆に無音にも思えてくる。突然パタリとすべての蝉が鳴き止んだら、静けさに怖くなってしまうかもしれない。

　ふと、蝉は毎年いつくらいまで鳴いているんだっけ、と歩きながら考えた。8月は鳴いている。9月のあたま？　思い出そうとしても全然記憶になかった。

　小さな交差点で信号待ちをする間に、そばにある木を見上げてみた。イチョウの木。青く繁った葉が風にゆれている。小さな男の子とお母さんが、僕の横を通り抜けてイチョウの木陰にはいり、わずかな風に気持ちよさそうに笑いあう。

「あ！　セミ」

　男の子が大きな声を上げて木の幹を指差したのと、蝉が飛び立ったのはほとんど同時だった。ぶぶん、と空気を震わせて蝉が飛ぶ。どこまで飛ぶのか追ってみたかったけれど、まぶしくてあっという間に見えなくなってしまった。今年は、最後に蝉の声を聞いた日のことをちゃんと覚えていたいなと思った。


会場にはもうみんな揃っていた。

「おはよう」

そう声をかけると、みんなが一斉にふりむいて手を振った。４つ子のようにそっくりに見えて思わず笑うと、「どうした」と首をかしげる仕草もそっくりだった。

仕方ない。

「がんばろうね」

だってきっと僕も同じ顔をしている。

下ごしらえしてきた材料をテーブルに並べると、

「ではみなさーん、一列に並んで作ってきたカレーを提出してくださーい」

中村が大きな鍋の前で、偉そうに腕を組んだ。

「この儀式いるの？」

困惑したような顔で瀬川さんが僕を見る。

「やらせてあげてください……」

瀬川さんがため息をついて渋々といった感じで、中村の前に作ってきたカレーの入った容器を持っていく。中村がうやうやしく受け取って、蓋を開けると破顔した。

「オォ！　バターチキン。結構スパイス効いてそうだな」

「これくらい効いてた方がメリハリがあるからね」

瀬川さんが自信作だと言ってうなずく。

バターチキン独特の甘い薫りが僕の方まで漂ってくる。とろりとした濃厚そうなカレーは、お皿に盛り付けられてサーブされるのをいまかいまかと待っているように見えた。さっと添えられた香菜と生クリームが見事なくらいにきっちりと配置されている。まだ右手はギプスで固められたままなのに、瀬川さんらしい端正な仕上がりは少しも損なわれていなかった。

中村もいますぐ食べたくてたまらないという顔をしていたけど、

「では」

と、勢いよく大鍋にカレーを移し替え、「次！」と言って顔を上げた。瀬川さんが少しだけ名残惜しそうに鍋を見て、次に並んでいた西野さんに順番を譲る。

「うわぁー。思っていた以上に豪快に混ぜてくのね」

西野さんが大きな目をさらに大きくして、鍋底を覗くように伸び上がる。

「しっかり混ぜたほうが美味さ倍増だからな」

「信じてまーす」

中村に可愛らしく微笑んで、西野さんが差し出したカレーはピンクペッパーがふんだんに使われたレモンチキンカレーだった。このままシンプルな焼き物のお皿にのせてサーブするだけで、たくさんの人たちが心を奪われそうな華やかさだ。

「これはまた可愛らしい」

中村がつぶやく。

「俺のバターチキンとの相性は大丈夫なんだよな」

瀬川さんが不安そうにつぶやくと、西野さんはにっこりと微笑んで、

「両極にあるくらいの方がまとまりが生まれそうでしょ」

言いながら成宮さんに順番を譲る。

成宮さんはいつも以上に少し困った顔でおずおずとカレーの入った容器を差し出した。自ら蓋を開けながら、すまなそうな声で言う。

「私、チキンを使ってカレーを作る、って聞いて何故かキーマだと思い込んじゃって」

「うわぁ、いいかおりぃ」

西野さんがうっとりと目を閉じる。僕も他の二人も大きくうなずく。それは本当にスパイスの一粒一粒が、全力で成宮さんに協力したんだろうなと納得するしかない薫りだった。どこか遠い国に旅に出たいと思っている人がこのカレーに出合ったら、それだけで満足してしまうんじゃないだろうか。華があるのに、でもとても優しい。

中村が意を決したように、大鍋に加える。三つのカレーを混ぜた鍋を優しく一混ぜすると、ゆっくりと僕を見た。

「はい次!」

と言って、にんまりと笑う。

「お! ハーモンドだな?」

笑いを含んだその声は、ずいぶん昔に忘れたと思っていた思い出をスルスルと引き出してくれる。

「残念ながら違うよ。それに、ちゃんと肉も入れてるよ」

そう言いながら差し出した僕のカレーは本当にシンプルなチキンカレーだった。少しのヨーグルトとトマトピューレ、玉ねぎのほかはチキンとスパイスだけ。昔、僕が学校に持って行ったものとほとんど一緒だった。違いはこの学校で勉強した手法できちんとスパイスを活かすようにしただけ。

あの日と同じように中村はカレーから顔を上げた。

「よし、これは一番最後に入れることにするよ」

同じセリフ、同じ声。

違うのは表情だけ。

あの日と違って満面の笑みを浮かべている。

「いや、もう最後だろ？」

瀬川さんが肩をすくめてつぶやいた。


ラッサム担当の三人が仕上げに入っている間、僕と中村はなんとなく二人で並んでカレーの大鍋を見守っていた。コトコトと心地よい音を響かせる大鍋からは一つ一つの個性が光っていた時とは違う、どこか懐かしい薫りが漂いはじめていた。特別な華やかさはないのに、穏やかに一口一口からまっすぐな優しさが伝わりそうだ。

「もういいな」

独り言のように言って、中村は火を止めた。

「完成？」

中村は満足そうにうなずいて僕の方に顔を向けた。そして、数秒だけ僕をじっと見つめてから尋ねた。

「なぁ、なんで俺があの時、お前のカレー入れなかったか教えて欲しいか？」

「独り占めしたかったんだろ」

「それもある」

「それだけだろ？」

中村が不服そうに僕を見て、急に真顔になって言った。

「捨てようと思ったんだよ」

一瞬、何を指しているのかわからなくて、僕は曖昧にうなずいた。

「お前のカレー。本当は捨てたかったんだよ」

捨てる？　何を？　バカみたいに頭の中で質問が繰り返される。少しだけ中村が笑って、

「子供心にわかったんだよ。あ、これは俺が絶対に作れないカレーだって。悔しくて、勝ちたくて、だから捨てようとした」

静かな声だった。中村は火を止めた鍋に視線を戻し、そのずっと奥の方を見つめている。次の言葉をどうつないでいくか考えているようだった。

「でも」

そう言って、ゆっくりと僕をほんの一瞬だけ見ると、

「できなかったなぁ」

と天井を仰ぐようにして無理やりはしゃぐような口調で言った。

何て言ったらいいのかわからなかった。怒るべきなのか、笑うべきなのか。そんな昔のことを気にするなと言っていいのかもわからなかった。結局、「そうか」と小さな声で言うことしかできなかった。

中村は僕の返事を待つそぶりも見せず話し続ける。

「俺さ、大学の時にいろんな料理店でバイトしててさ、卒業したら本気で店をやるつもり

だったんだよ」

　そこで言葉をきって、その時を思い出すように目を細めた。

「楽しかったんだよ。いろんなこと勉強できたし」

「うん」

　僕はできるだけ強くうなずいた。中村が、ずっと中村の中にあった何かを僕に見せてくれようとしている。中村が言おうとしていることをちゃんとすくい上げて、何かうまいコメントを返せる自信はないけれど、せめて僕がしっかりと聞いてここにいることだけでも伝えたかった。

「トルコ、フレンチ、カレー店。どの店も小さな店で、オーナーシェフが一人だけみたいなとこだったんだけど。みんなすごいセンス良くてさ、自分で自分の味を生み出してた。俺も絶対ここで頑張って自分の味を作るぞって決めてたんだよ」

　中村がゆっくりと一度鍋をかき混ぜる。

「クリスマスとか誕生日ってさ、プレゼントの包装をとく前がワクワクの絶頂だよな」

　中村がちょっと笑う。その声は少しかすれ、今にも途切れてしまいそうだった。

「プレゼントの中にはさ、俺だけの特別な何かがあると信じられるじゃん。開けるまでは空っぽの箱だって何かきっとすごいものが入ってるって信じてられる」

　他の班の準備が完成したのかキッチンのどこかで歓声が上がる。でもその声が遠い別の場所から聞こえてくるような気がするくらい、僕と中村の周囲だけはとても静かに思えた。必要な静けさだった。

一呼吸おいて中村は続けた。

「で、俺は作るのをやめたんだよ」

中村が話しているとは思えないとても穏やかな声で、僕はそれを聞いて、今度は素直に「そうか」と言ってうなずいた。なんで？　とか、まだ頑張れるだろ？　とか、これからじゃないか！　とか薄っぺらい言葉が頭をよぎらなくはなかったけれど、中村が辿って考えたことを僕が本当にわかるには、とても長い時間が必要だと思った。

だから今は中村の言葉をそのまま受け止めることにした。大きくて重いものだけど、少しずつ一緒にとかしていきたいと思った。

中村が僕の顔を見て噴き出すように笑う。

「変な顔だな」

ひどいやつだなと、顔をしかめたらその顔を見て中村がまた笑った。

「笑わせるなよ〜！」

そして、笑いをこらえるように声を震わせながら、

「で、俺は鹿野さんと会って、お前を思い出して、今は二人でここにいるわけだ」

中村はいたずらっぽい顔をしてにんまりと笑った。

「新しい間借りの予定を入れてきたから覚悟しろよ」

「いつの間に？」

「鹿野さんとこでの、お前ら全員のバイト代として紹介してもらった」

「ま、やってあげてもいいよ」

　僕はできるだけそっけなく響くように言ってみたけれど、自然と顔がほころんでいた。


「できたよ〜！」

　弾むような声と軽やかな足音を立てて西野さんが戻ってきた。そして、僕と中村の顔を見て怪訝《けげん》そうに眉をひそめる。

「何、二人してニヤニヤしてんの？」

「別に〜」

　声をそろえた僕と中村に、西野さんは少し不服そうに口を尖らせた。

　中村は、あの日のカレーのことを話すとき、僕に謝るようなことは最後まで決して言わなかった。そのことが一番嬉しかった。


　課題発表の会場は、前回の発表イベントで訪れたのと同じビルだった。ほんの数ヶ月前なのに、あの頃がすごく遠く思える。今では、あそこで繰り広げた瀬川さんとのやりとりも笑って思い出せる。

今思えばだいぶ緊張しながらここに来ていた。そんな自分を懐かしく思い出し、何も考えずにこの前と同じ階で降りようとした僕をみんなが止める。

「今日の会場は上だよ」

「上？」

エレベーターを降りた途端、活気がわっと押し寄せてきた。前期のタームで使った会場と違って、どうやらワンフロア貸切のようだ。相変わらずのお洒落さで、僕は口を開けたまま周囲を見渡してしまう。前回がニューヨーク風だったら今回はパリ風だろうか。奥の壁は真っ赤で、小さな絵がたくさん飾られている。その手前にはアンティーク風の大きなソファーとアップライトのピアノ。

「相変わらずわかりやすい感じの好きよね、坂下さん」

西野さん的には不満のようで「あたしに頼めばもっといい感じに会場仕上げてあげるのに」と眉をしかめている。これ以上の「いい感じ」にされたらもう近づけないかもしれない。

それにしても大勢の人が集まっている。

「知ってる顔があるあるある。あの辺も卒業生だったわけだ」

中村は目だけで「ほら」と前の方にいる集団を示す。確かに、僕もテレビや雑誌で見たことのある顔が並んでいた。

中には大きなカメラを持った人もちらほらいる。

「メディアの取材じゃないか。誰がスパイスグランプリに出場するかは話題性が高いからね」

瀬川さんの言葉にみんな納得したようにうなずく。

「緊張しますね」

成宮さんが上気した顔で真っ直ぐに前を見ながら言った。僕は声を出さずにうなずいて同意した。声を出したら気持ちが崩れてしまいそうだった。

「緊張する意味がよくわかんないんだけど……」

西野さんが髪をすくようにして整えながら、僕と成宮さんを呆れたように見る。

「よーし、チョコレートの班のが始まるからそろそろワゴンの準備するか」

こっちも全然緊張をしていなさそうな中村が、テキパキと舞台にミールスを運ぶ準備を始める。

「成宮さん、大丈夫だよ。成宮さんのラッサムは完璧だよ。俺が保証する」

瀬川さんが成宮さんの肩をぽん、と叩いて励ます。

「その保証に何か意味はあるんですかー？」

もちろんそれは成宮さんじゃなくて西野さんの言葉。瀬川さんはひとしきりいつもの通りに西野さんとやりあったあと、無駄な力がすべて抜けた妙にリラックスした顔で僕を見た。

「最初の紹介は俺がするけど、テーマは君が責任を持って説明しろよ。まぁ、がんばれ」

軽く肩を回して歩き出す瀬川さんが羨ましい。

その時、会場から盛大な拍手が沸き起こり、僕たちの一つ前の班の「チョコレートミールス」のプレゼンが終わった。

「おっと、忘れるとこだった。成宮ちゃん、最後に仕上げの菜々子！」

「は、はい！」

成宮さんがずっと大切に育ててきてくれたカレーリーフ（菜々子）をそっと添える。カレーの上に散った瑞々しい緑から香ばしい匂いがふわり。その薫りに言葉にならない祈りを込めるような、そんな気分だった。

「よーし、しゅっぱーつ」

中村の掛け声に合わせ僕も歩き出そうとしたのに、歩き方を忘れてしまったように手足がギクシャクとして思うように動かない。

「もー松本っち。固すぎー」

西野さんが朗らかに笑って僕の腕をつかむ。

「ほら、行くよ」

西野さんの手は少し冷たくて指先がかすかに震えていた。軽い口調とは裏腹に彼女の繊細さを一生懸命に押し殺そうとしているのか、と気づくと少し体が自由になった。

「ねぇ、こういう時はどうでもいいこと考えると緊張が和らぐんだよ。特別にどうでもいいあたしの宣言を聞かせてあげる」

西野さんが僕を引っ張って舞台へと歩きながら囁く。緊張が解けるならどんな話でも聞きたい気分だ。

西野さんはにっこりと微笑んで僕に耳を寄せた。

「このイベントが終わったらね……」

西野さんの吐息が耳に当たって違う意味で緊張が高まる。

「瀬川さんに告るんだ」

目の前に立つ西野さんをじっと見つめる。ほんの少しだけ頬を赤らめて、「秘密だからね」と僕を睨むようにして微笑む。驚きすぎて声が出ない。

「おーい！　何してんだよ」

中村が焦った声で僕と西野さんを急がせる。

「だから、松本くんも頑張れって言ったでしょ」

にっこりと笑った西野さんの周囲だけ、違う種類の風がふわりと吹き抜けたような気がした。「行くよ」そう言って、西野さんは僕の手を握りなおすと舞台に向かって駆け出した。

「えぇ～！　坂下くん、そんなに有名になってるのぉ」

電話の向こうから聞こえる母さんの声が2オクターブくらい高くなる。へぇ～、あの坂下くんがねぇ、と何度も繰り返している。

「懐かしいわねぇ。言っとくけど、坂下くんに最初にカレーの作り方教えてあげたの母さんだからね。チキンカレー！　卒業してすぐに、修行するとかどこか行っちゃったのよ。母さんも、結婚してお店忙しかったからそれっきり」

坂下さんがカレーに目覚めたきっかけは失恋。まさか、ね。

「サインもらっといたよ。母さんのレシピノートに」

「やった。そのうち高く売れるかしら」

できれば売らないでほしい。

「で、これからパーティーなの？　みんなで」

「うん。打ち上げ」

「今度、母さんにも作りなさいよ！　そうそう、中村くんにもよろしくね」

電話を切って、表紙に大きく坂下さんのサインが書かれた母さんのレシピノートを梱包《こんぽう》している時に、思いついて1枚の写真をノートに一緒に挟み込んだ。写真の中には、僕たちが作ったミールスと、7班のメンバーと、坂下さんが写っている。西野さんに腕をつかまれて困ったような表情で笑っている坂下さんは、少しだけ大学生の男の子のようにも見えた。

あの日、7班の発表の時間は正直に言うとよく覚えていない。というよりも、薄い膜がかかったように現実味のない思い出になっている。

ステージに上がった途端に会場の人たちの視線がいっせいに注がれて、落ち着け落ち着け落ち着け落ち着け落ち着けと自分に言いきかせている間に、瀬川さんが簡単に挨拶をして、坂下さんが試食を始めていた。

坂下さんがスプーンをとり、カレーをすくう瞬間がスローモーションのようにゆっくりとして見えた。そして、けっして華やかではないけれど、どこか懐かしさを感じる香ばしいスパイスの薫りが漂ってきた。

その薫りを感じた一瞬の間に、いろんな人の顔が僕の中を横切っていった。小学校の時の先生、もう名前も思い出せないようなクラスメイト、母さん、店長さん、鹿野さん……そして7班のメンバー。みんな笑っていた。美味しいものを食べて笑いあう。人生で一番幸せな時間がいくつも横切っていく。僕の部屋でスプーンを持って笑う彼女の笑顔が見えたとき、緊張が心地よい高揚感に変わっていくのがわかった。そして、坂下さんが一口食べて、顔を上げた。目が笑っていた。

「テーマは何？」

「調和です」

僕はいつの間にか握っていたマイクを握りなおして続ける。

「みんなの個性を」

そう言いながらみんなを振り向いた。全員が必死な顔で僕にうなずき返す。

「一つにしたくて。チキンカレーとだけ決めて、各自に好きなチキンカレーを作ってきてもらいました。スパイスも、材料もバラバラの状態で一つの鍋で仕上げました」

「なるほどね」

少しだけ感心したようにも聞こえる声音で坂下さんはうなずいて、カレーに目を落とす。そしてすぐに僕の方を振り向くと、

「でも、それだと君たちにとっては調和かもしれないけど、お客さんにとってはどうなのかな？」

責めるでもほめるでもない淡々とした口調だった。

震えそうになる声をつかまえるように、もう一度しっかりとマイクを握りなおして僕はうなずいた。ステージを照らすライトのまぶしさに少しだけ目がくらむ。

「ラッサムです」

坂下さんの視線が僕のうしろに移る。中村の考えた演出通り、完璧なタイミングで別のワゴンを西野さんと成宮さんが押して出てくる。坂下さんの口元がわずかに上がる。

「3種類の違う味のラッサムを用意しました。フルーツ、ガーリック、そして味噌味です」

味噌、と言った途端に会場で笑いが起きる。

母さんが、中村屋カレーに触発されて逆の発想で作ったレシピをもとにしている。みんなの味をまとめて一つにした中村の話を聞き、母さんは一つのカレーに好きなスープをかけて、その人だけの味を生み出せるようにレシピを考えた。そのレシピを活かしながら西野さん、瀬川さん、成宮さんが仕上げてくれたラッサムはどれも違った味わいがあって、カレーに混ぜずにそれぞれの小皿から味わうだけでも十分楽しめるものになっていた。

坂下さんは大きくうなずいて、

「面白いね。甘味、辛味、塩味、それぞれに特化したラッサムを好きなようにかけるのか」

それぞれがこだわり抜いた味を合わせただけでは、食べる人にとっては調和にはならない。こんな風にこだわって作ったのでここに注目してくださいと、ペンで囲ってわかりやすく示して出したら納得はしてくれるかもしれないけれど、やっぱりお客さんとの相互作用は生まれない。

僕たちが作ったものに対して、お客さんも自分の色を少しだけでも足すことができたら、そこにはきっと僕たち作り手と食べる人の間でハーモニーが生まれるんじゃないだろうか。

僕はそんなことを一生懸命に説明しようとした気がするけど、ほとんど記憶にない。ただ、出されたラッサムをかけてもう一度カレーを食べた時の坂下さんの笑顔は、驚くほどはっきりと覚えている。作ってよかった。そう思える笑顔だった。

母さんに送る荷物を作ってしまうとなんだかそわそわして、やっぱり今日も早く家を出てしまった。真夏に比べて青さが和らいだ空が高く広がっていた。半袖から出る腕がほんの少し肌寒くて、もうすぐ秋が来るなと思った。

みんなとの打ち上げは西野さんと行ったキーマカレーのお店に決まり、店長さんにはもう一度話を聞かせてもらいたいと思っていたから、とても楽しみだった。「次こそグランプリに出るぞぉ。その日のために優勝の秘訣を聞き出すんだよ」という中村の気合いが、店長さんに迷惑をかけないかが心配だけど。どうやってあいつをおさえようかと思いを巡らせていると、中村に伝えようと思っていたことを思い出した。

中村はプレゼントは開けるまでが一番幸せだと言っていた。空っぽの箱でも中に特別なものが入っていると信じられるから。だけど、それは違う。何も入っていない箱を大事に持っている必要なんてない。たとえその箱が空っぽだとわかっても、次の箱にはすごいものが入っているかもしれないのだから。開け続けることが大事なんだ。そんなことを、中村に伝えてみたい。

明るい空の向こうにうっすらとした夕焼けが始まっていて、懐かしいその色味は影が濃くなるにつれてどんどん深まっていく。どこに僕を連れて行ってくれようとしているんだろうか。いつもの公園の前を通りかかった時、あの白いネコがいるか覗いてみたけれど、姿が見えなかった。

「おーい」

と、呼びかけてみながら、続きをなんて言えばいいのかわからなくて、心の中だけで小さく「ありがとう」とつぶやいた。

# 最終話　ネコとカレーライス

「なるほど。いい店だね」

瀬川さんは店内をぐるりと見回すようにして、壁に描かれた絵に目を留める。

「これ？」

「うん、西野さんの絵」

ふーん、とうなずきながらじっと絵を見つめる。淡いグリーンを基調とした壁に真っ白な大輪の花が咲いている。春のような気もするし、夏のような気にもなる。または冬に見た夢の景色のような気もしてくる、そんな不思議で魅力的な絵だった。大きな世界がぎゅっとそこに込められていて、手を伸ばせば魔法のようなどこかの世界にそのまま入り込めそうな気分になってくる。

瀬川さんの横からすっと小さな手が伸びる。

「まぁー」

小さな口を大きく動かして、何かを一生懸命に伝えようとするようにパタパタと壁に向かって手を動かす。

「こらこら。落ちるぞ」

瀬川さんが苦笑をして、その小さな女の子をそっと優しく床に下ろすと、女の子は「きゃー」と笑いながら手を広げて壁の方に歩いていく。「仕方ないなぁ」と困ったように眉をしかめて見せながら、全然困ってなさそうな優しい目で、瀬川さんはその小さな女の子を見守っている。

「やっぱ、母親の絵だってわかるんじゃないのー」

中村がカウンターの向こうからにんまりと笑う。

「やっぱそうかな。教えてないのになぁ」

瀬川さんがこれまで見たことがないくらいに相好を崩して笑う。中村がちょっと意地悪そうに目を細めると、

「お前に似ないでよかったなぁ」

弾むような声で言って笑った。瀬川さんが「俺に似てるんだよ」と顔をしかめて反論する。中村とのやりとりが長くなる前に確認しておくことにした。

「今日は西野さんもこれるんでしょ？」

「大丈夫。30分くらい遅れるって言ってたからそろそろじゃないかな」

「成宮ちゃんもそんなもんっぽいよ」

中村がスマホのメッセージを確認しながら教えてくれる。

「わかった。じゃあ、そろそろ準備始めるよ」

僕がそう言うと、瀬川さんが顔を上げてまっすぐ僕の目を見た。

「しっかり頼むよ。開店記念だからって、俺はそんなに甘いレートつけないから」

そして、ちょっと言葉を切って、

「おめでとう」

と、笑ってくれた。

僕と中村はこの夏にようやく自分たちのお店をオープンさせる。初めて中村と間借りカレーをやったのはもう4年前だ。

僕と中村だけじゃなくて、みんなも変わらないようで少しずつ変わってきている。

成宮さんは花屋さんを辞め、フラワーアレンジメントとアロマの勉強のため2年間海外に行っていた。今ではフラワーアーティストとして全国の結婚式やイベントを飛び回っている。

西野さんは相変わらずの可愛さを保ったまま、内装デザインを続けていて、僕らの店に素敵な絵を描いてくれた。さらに可愛い女の子のお母さんとなっている。相手はまさかの瀬川さん。

その瀬川さんは、SNSでのカレーレビューが徐々に話題となり、時折、カレー評論家としてテレビにも出るようになっている。本業も忙しそうだけど、カレーに対して手を抜かない姿勢は相変わらずだ。

　窓の外を見上げると夏の夕暮れが始まろうとしている。もう一度だけ、かけたてのお店の看板を見たくなった。

　外に出ると、心地のよい風が吹いていた。夏の匂いが空気に満ちていて、深呼吸をすると、しっとりとした夜と浮き立つような太陽の薫りが混じった気配がした。夏の夕暮れを受けた木漏れ日はくっきりと影が濃くて、その向こうにある夕暮れのまぶしさに少し目を細める。

　４年は短いようで長いし、長いようでとても短かった。小柄な人影が並木道を歩いてくるのが見えた。たくさんの色を混ぜた絵の中からゆっくりと抜け出てくるように見えるその人影は、記憶に残っているよりも少し痩せたように思える。

　夜と夕焼けの境を一歩一歩確かめるように彼女は歩いてくる。

「いらっしゃい」

　僕がそう言うと、

「カレー食べに来たよ」

　彼女がそう言って微笑んだのがわかった。そして、店を見上げるようにして看板に目をとめる。

「これ、お店の名前？」

「そうだよ」

「ネコ好きだった？」

「まぁ、いろいろあったんだ」

彼女をお店の中に招き入れながら、まずは何から話せばいいのか考える。やっぱり、店名の由来からだろうか。ネコとカレーライス。それが僕と中村のはじまりの店の名前だ。

## 番外編　はじまりのスパイス

レシピは冒険の記録。

真新しいノートを手にした彼女はそう言って笑った。


駅から続く人波からなんとかはじき出されないように歩き続けていた僕の前に、大学の校舎が見えてきた。重要文化財に指定されているというレンガ造りの時計塔は蔦《つた》に覆われ、ホームページで見たパンフレット通りの優美さを誇っている。蔦！　入試の時にはすっかり枯れ落ちていた憧れの蔦!!　その姿を見た途端、本当に東京の大学に通えるんだなぁと実感が湧いてきた。

実家は同じ県内出身者でも「どこ？」と首をかしげてしまうような、東北地方の小さな町にある。高校の同級生の多くは県内に進学、遠くて仙台といった地域だったが、僕は中学の時から決めていた。絶対に東京の大学に行ってやると。

その影響は、多分、従兄弟《いとこ》から受けている。

五つ年上の彼の家は福島にあり、それほど親密な付き合いがあったわけではないが、彼が東京の大学に進学した年に、僕と同居していた祖父母に会いに遊びに来てくれた。その姿を見てのけぞった。僕が知っていた彼は、親近感しか湧いてこない坊主に近いスポーツ刈りで、年がら年中、部活のTシャツを着ている記憶しかなかった。なのに。さらりと風にそよぐ前髪、さりげないワンポイントのTシャツに、テレビで俳優が着ているような薄手のジャケット。お前誰だよ、と突っ込みたくなった。

さらに、やつは一人じゃなかった。

「サークルの友達」

とふたりの女の子を連れていた。ふたりも！

驚きすぎて顎が外れるかと思った。

「これからサークル合宿に行く途中なんだ」

そう笑って帰って行く彼を見送りながら、僕は心に決めた。

絶対東京に行こう。

東京の大学でサークルに入ろう。

それが僕の人生のゴールと言っても過言ではない。

そしてとうとうここまで来た、と長かった道のりに思いを馳せながら、表参道で切ってもらったばかりの髪を軽く整える。くせ毛のせいで坊主しか選択肢がなかった髪型人生ともお別れだ。推薦が決まってから必死にバイトして、東京生活にかろうじて耐えられるだけの資金を貯めてはいたが、昨日のカットとカラーの料金には驚いた。今日からしばらくはカップラーメンで生き抜かねばならない。

それも本望だ。

着慣れぬスーツ姿できょろきょろと歩く僕とは明らかに洗練度が違う先輩たちは、華やかに闊歩《かっぽ》し、あふれんばかりの笑顔で、入学式が終わったばかりの新入生たちに向けてサークルの勧誘を行っている。

そう、これが。

これが新歓《しんかん》というやつか！

大学生活の要《かなめ》となると言われているサークル活動。

センスが良くてキラキラしているサークルにまずは幾つか勧誘されてみようじゃないか。

「レスリングやってみよう！」

ちょっと気分じゃないですね。

「君の人生、全力で演劇に捧げないか？」

捧げるほどの根性がなくてすみません。

「甲子園に憧れたことあるだろ？」

ほんとごめんなさい、坊主は卒業したんです。

「あ、マネージャー希望？　全然大丈夫。いっぱいいるよ。おいでおいで」

え!?　マネージャーもいる!?　あぁ……、もう見えない。

結局それからメイン通りを三往復してみたが、思うようなサークルから声がかからない。

慣れない格好と人ごみにさすがに疲れ、小道に置かれたベンチに腰掛けた。

ほんの少し脇道に入っただけで喧騒が遠のく。ようやく息が吸えるようになった気がしてホッとした。ホッとした自分に気づくと、寂しくなった。わずか数メートル先で繰り広げられている、ふわふわするような華やかなイベントが自分には合ってないんじゃないかと弱気になる。

だめだ。こんな簡単に華やかキャンパスライフを諦めるわけにはいかない。

ちょっと休んだらまた歩くぞ。でもその前に、5分だけ。昨日はテンションが上がりすぎて眠れなかったから仕方ないな、なんて言い訳を心の中でつぶやいて、誰もいないはずのベンチに横たわろうとした時だった。

「ダメ!!」

真後ろで叫ばれた切羽詰まった声に体が反応する前に、どんっ、と何かが僕の背中に体当たりしてきた。

「え？　あ、うわっ」

身構える暇もなくベンチから転げ落ちる。

その瞬間頭をよぎったのは、頼むから誰も僕のことを見ていませんように、だった。我ながら徹底した美意識だ。そんな願いもむなしく、正面から視線を感じ、恐る恐ると顔をあげようとすると、ふわり、とやわらかなものが手に触れた。

ネコがいた。

真っ白なネコが優雅に尻尾をふって僕を見つめている。

「お前が突き飛ばしたのか……？」

「あの、大丈夫ですか？」

思わず尋ねてしまったけど、
頭上から声がふって来た。しかも、女の子の声。途端に自分がどんなにみっともない格好で地べたに倒れているのか認識する。両手を地面について腹ばいになり、右足はベンチに引っかかったまま。さらに、ネコに話しかけてしまった痛々しさ。

終わったな……、と自分を消し去りたくて体を硬直させたままの僕に、彼女は続けた。

「ごめんね、つい、突き飛ばしちゃって……」

犯人はお前か！

彼女が貸してくれたハンカチでスーツについた砂埃を払い落とし、僕が転げ落ちた（突き落とされた）ベンチに二人で座り直す。僕らの足元で白いネコが丁寧に毛繕いに勤しんでいるのを、彼女は頬を緩ませて眺めている。

「このネコ飼ってんの？」

「ううん。さっき見つけて追ってきたの。ついてこいよーって言ってるように見えたから」

「……へぇ」

うっかりネコに話しかけてしまった僕が言うのもなんだけど。この子も変わってる。キャンパスライフのスタート地点で見知らぬネコを追いかけている場合じゃないだろう。どんな子だ、と改めて横目で観察する。真新しいスーツを着ているということは、間違いなく僕と同じ新入生だろう。ばっさりと耳の下で切りそろえられた潔いボブは、はやりの髪型ではないけど彼女によく似合っていた。それに、一番特徴的なのはその目だ。大きな目。まっすぐに開かれていて、きらきらしている。可愛いと言えなくもない。

「ほんとごめんね。ネコを体の下に敷いちゃいそうに見えたから、ちょっと動いてもらうだけのつもりだったんだけど」

しゅん、とうつむき加減で彼女が謝る。

「いいよ、もう」

他に言いようもなくてとりあえずそう返すと、

「あ！　ほんと？　よかったぁ。うん、わかった、もう気にしない」

立ち直り早いな。

そして彼女は、僕らの足元で毛繕いをする白いネコを愛おしそうに見つめる。

「美味しそうだなぁ～」

食用として見ていたのか……。

「ち、違うよ！　違うの。誤解なの。食べたいのはこの子じゃないの」

「いや、まぁ、食文化は多様だから……。別に、僕は気にしな……」

どうだろう、気にするかも……。

そろそろ、失礼しようかな……。

「違うの！　この子真っ白でしょ？　ご飯みたいで美味しそうだなぁって。私、東京には昨日来たんだけど、まだ荷物届いてなくて。家で何にも作れないの。だけど、どこでご飯食べていいかわからなくて」

これだけ店がある東京で？　と笑いそうになったけど、かくいう僕もコンビニにばかり通っている。店がありすぎて、どこに入っていいのかわからなくなるのだ。雑誌で見たカフェに入ってみたいと足を運んでも、結局、一歩踏み込む勇気を出せないで素通りしてしまう。

「じゃぁ、昨日から何にも食べてないの？」

そりゃ、ネコを見ても美味しそうに見えてくるかもしれない。

「通りもんだけ。いっぱいあるから今度あげるよ。博多名物通りもん」

「出身博多？」

「うん」

話している間にお腹すいたなぁとつぶやく彼女へすぐにあげられるものはなかったけど、通りもんのお礼に渡せるものといえば、僕には一つしかなかった。

「僕、山形。じゃあ、今度米あげるよ。実家から山ほど送られ……」

ガバリと身を起こした彼女は、ぐっと僕に顔を寄せて目を輝かせた。「米」と言った瞬間から食いつきが違う。

「私、文学部1年の倉田亜紀《くらたあき》です。連絡先、交換しよっ」

今、僕のこと「米」に見えているだろ。

「あ、ども。僕は……」

自己紹介しかけた僕を遮ったのは、道の向こうからやってきた先輩たちだった。

「あ！　亜紀ちゃ〜ん」

「あ、さっきはどうも」

「いいのいいの。急に声かけちゃってごめんね。でも、うちのサークルの雰囲気だけでも味わってみてほしいなって」

サークル勧誘か。

いったいどんなサークルだ。

調理クラブとか？

「うーん、でも、私テニスやったことなくて」

テニス!?　僕の憧れのテニス・サークルですと？

「そお？　今日はお花見兼ねて懇親会するんだ。ご飯もうちの部長のバイト先のバーからケイタリングするから、よかったら」

「行きます！」

「行きます！」

彼女と僕がそう叫んだのは同時だった。

お花見といえばブルーシートの上でおにぎり片手にどんちゃん騒ぎ、というのが実家の一大イベントではあったけど、さすが東京は一味違った。大学の隣にある公園は花盛りで、そこにシートがしかれているのは一緒だったけど、料理は立食形式で、洒落た先輩たちがギターのセッションなんぞをしていらっしゃった。

「山形？　すごぉい！」

隣に座った法学部1年の佐々木《ささき》さんは、付属高校出身というだけあって、朝のニュースに出てくるお天気お姉さんのような可愛らしさだった。

「もー、ほんと田んぼしかない町なんだよ」

「田んぼ？　わぁ、見たことなぁい！」

何を言っても驚いてくれる。

夏さ田んぼ見せでげるぞぉ（夏になったら田んぼ見せてあげるぞ）、と心の中で誓い、僕はようやく念願の場所にたどり着いた嬉しさに打ち震えていた。

従兄弟がいたあの場所に、ついに僕も立とうとしている。

料理はどれも僕の知らない名前が付いていて、佐々木さんが口にするたびに必死で頭の中で復唱した（ばーにゃかうだ、がすぱちょ、あーてぃちょく……）。グラスの中の麦茶すら特別な味に思えてくる。

これも全て彼女、倉田さんのおかげだ。お礼に米の10キロや20キロ安いもんだ。そうだ、忘れないうちに住所を聞いて米を送る準備を整えておこう。そう思い立って倉田さんをふりかえると、これだけの食べ物に囲まれて幸せを噛み締めているかと思いきや、魂が抜けかけているんじゃないかというくらいに虚ろな表情になっていた。先輩たちの話にかろうじてうなずきかえしているようだが、どう見ても上の空。

「おい、大丈夫か……？」

肩をつつくと、彼女は力ない声でつぶやいた。

「……お米、食べたい。なんか野菜ばっかり……」

「クラッカー食べるか？」

「……足らん」

そんなこと言われましても。

何かごっつりとした食べ物はないかと周囲を見渡すと、パッと何か白いものが目の前を横切った。

「あ！　ネコぉ」

うるわしき女子大生たちが黄色い歓声を上げる中、ネコはすらりとみんなの間をくぐりぬけ、ほんの一瞬だけ振り返って尻尾をふった。その途端、彼女はパッと立ち上がり、止める間もなくネコを追って走り出した。

「え？」

どんどん遠ざかっていく彼女の後ろ姿を見つめながら、僕は彼女の言葉を思い出した。

『ご飯みたいで美味しそうだなぁって』

『お米、食べたい』

まさか、今度こそ食べる気じゃ……。

「どうしたのぉ？」

急に駆け出していった彼女にあっけにとられる佐々木さんへ、

「ちょ、ちょっと……」

　と言い訳にもならない言葉を残して僕も駆け出した。背中にはひしひしと、驚くサークルの皆さんの視線を強く感じる。ちくしょーーっ、これじゃ、たとえこのサークルに入ってもイロモノ扱いは拭えないじゃないかぁ。

「早まるなぁ!!」

　ようやく彼女に追いついたときには、すっかり住宅街に迷い込んでいた。

「僕が何でもご馳走してやるから早まるな、ネコは食べるな、いろんな意味でまずい」

「え？　ネコって食べられるの？」

「いや、お腹すいたって、言うから」

　彼女はじっと俺の顔を見つめてから、「ネコ、食べるの？　お腹壊すんじゃないかな」と心底心配そうに尋ねた。

「違う!!」

　ようやく誤解が解けた後、

「やだ、そんなわけないでしょー。あのね、ついてきたら美味しいものあるよって言われた気がしたの。ネコに」

　軽やかに笑いながら彼女は言った。

「でも、見失っちゃったなぁ」

彼女が残念そうに肩を落とす。

そのとき、ふわり、となんとも言えない食欲をそそる薫りが漂ってきた。

「この匂い」

「カレーだぁ」

大きな目を輝かせた彼女が指さした先に、小さな屋台が出ていた。

「いらっしゃい」

僕らを笑顔で迎えてくれたのは綺麗な白髪のおじいさんだった。屋台といっても地元で見かけたものとは随分違った雰囲気だった。テレビで見たロンドンのマーケットに出ていた小さなお店のような店構えで、特に目を引くのは奥の棚だった。

何十種類ものガラス瓶がずらりと並べられ、屋台の天井から吊るされたオレンジ色の灯りの中で輝いている。その中には色とりどりの粉や種のようなものが詰まっている。透き通るような淡い色から夏を閉じ込めたような濃い色まで、無限の色彩がそこにあるように見えた。

「この瓶、調味料ですか？」

尋ねた僕におじいさんは教えてくれた。

「スパイスだよ」

「スパイス？」

「胡椒とかですか？」

彼女の質問には柔らかく微笑み返し、

「まぁ、食べてみなさい。うちのカレーは日替わりでね、今日はチキンカレー。それでいいかい？」

「はい」

僕がうなずくと、彼女は慌てて付け加えた。

「ご飯、大盛りにしてください！」

おじいさんは笑って、青いお皿を二つ取り出し、炊飯器を開けた。ふわっと、柔らかな湯気が立ち上る。ふいに家族が懐かしくなる、そんな薫りだった。艶やかなご飯が山盛りになった皿を僕たちの前に置くと、おじいさんは銀色の鍋の蓋を開けた。途端に、知っているカレーとは一味違う薫りが僕たちを包み込む。数え切れないいろんな薫りが押し寄せる。だけど、それらは決して争わず、一つの世界を一緒に作り上げている。そのカレーがゆっくりとお皿の上に回しかけられる。

「召し上がれ」

そう言われて食べた味は、どうしようもなく複雑で、だけど絶対に忘れたくないと思える美味しさだった。彼女も僕も一言も口をきかずに一気に食べた。

帰り道、妙に幸せな気分で彼女と歩く。

全然思い通りには行かなかったけど、悪くない一日だった。

「サークルは明日から探せばいいかぁ」

「そんなにサークル入りたいの？」

「うーん」

改めて尋ねられると悩む。花見の時間と今の時間のどちらが楽しいのかと言われると、うっすらわかり始めている気持ちがある。

僕の沈黙を彼女は別の意味にとったのか、ちょっと考えるように眉を寄せると、パッと大きな目を輝かせた。

「じゃあ、一緒に作っちゃえばいいよ！」

「サークルを？」

「そう！　美味しいものを研究するの」

「美味しいものかぁ。悪くないけど、範囲が広いなぁ」

「じゃぁ、丼もの研究会!!」

「いやだっっ!!」

従兄弟に「サークル？　入ったよ。丼もの研究会」なんて言えない。丼ものには罪はない。丼は好きだ。だけど、僕のみっともないほどの見栄が邪魔をする。

「えぇぇ。じゃあ、何がいいのぉ？」

彼女は心底面倒くさいものを見るような目で僕を見る。

いや、僕、そんな無理言ってないよね？　言い返そうとしたとき、さっき見た色とりどりのスパイスの瓶を思い出した。華やかな薫り、鮮やかな色彩。そんなスパイスを軽やかに使いこなし、まだ誰も作ったことのないような味を生み出したら、かっこいいんじゃないか……。

「スパイス研究会、なんてどうだろう？」

「カレーライスってことね！　素敵！」

どうやら米から離れる気はないようだ。

だけど、さっき食べたあの味を思い出せば、まぁ、それも悪くない。

「あ！　ちょっと待ってて！」

再び唐突に彼女は走り出し、コンビニに飛び込んだ。戻ってきた彼女は真新しいノートを1冊手にしていた。

「新しい料理を考えるなら、ちゃんとレシピを作らないとね。これが私たちの冒険の始まりの1冊だよ。レシピは冒険の記録でしょ」

ノートを両手で抱えて彼女がにっこりと笑う。

その笑顔に、なんだか目の前の世界がパッと開けたような気がした。誰かが作った場所に収まるんじゃなくて、自分で好きなことを見つけていくってのも悪くないって。

「よし。まだ誰も食べたことのない味を作り出してやろうじゃないか」

珍しくちょっと強気になって胸を張って見せた僕の背を、ぽん、と軽やかに打って彼女はまた笑う。

「そうだよ。いつか有名になったらサインちょうだいね」

そのあと何度か探したけど、結局、あのおじいさんの店は、二度と見つけることはできなかった。


そんな20年以上も前の遠い昔のことを、ふと思い出した。

「坂下さん、なんかにやけてますよ？」

講義の後片付けをしてくれていたスタッフが僕の顔を覗き込む。

「ん？　あぁ。ちょっとね。懐かしいことを思い出してたんだ」

「どうせカレーのことですよね？」

悪戯《いたずら》っぽくそう言って笑った彼にうなずき返す。

「ま、そんなもんだね」

「今度作ってくださいよ。あ！　次の予定あるんですよね。いいですよ。こっちはやっておくんで」

「悪いね。ありがとう」

部屋を出る時に、講義室を振り返る。

ほんの数分前まで、たくさんの人が僕の話を聞いてくれ、いろんなことを知ろうとしてくれていた場所には、まだその熱のようなものが残っている。僕が欲しかったのは、きっとこの熱だ。これが欲しくてこの学校を始めたと言ってもいい。自分の中にはもうなくなってしまったものだから。

ずっと昔、扱いづらくてどうしようもなかった様々な感情のつまった僕の中の熱さは、ゆっくりと形を変え、今ではおとなしく僕の中に収まっている。それが少し寂しくもあった。

そうは言っても別に今の自分を嫌いではない。たどった道には、やり直したくなるような後悔だってあるけど、それも含めて僕だと言い切ることができるところまでやって来た。

大人になったということか、なんていまさら言う年でもないけど。僕は「格好良い」ものに相変わらず弱くて、講義会場もちょっと小洒落《こじゃれ》た感じの場所をこっそり探しまくるし、いい感じにジャケットを着こなせるように家で何度も試着する。それでも、昔と違ってちゃんと自分が本当に好きなものがわかるようになった。

だけど今日は、久しぶりにあの頃の自分が少しだけ懐かしくなった。

『母がよく言うんです。レシピは冒険の記録だって』

今日、準備を手伝ってもらった彼がそう笑ったとき、先日彼が作ったチキンカレーが妙に心に響いたわけがわかった。

久しぶりに連絡をとってみようかな、そんなことを思った。

もうすっかりいい年になったはずなのに、僕が思い出す彼女は、今でも潔いボブヘアーの女の子だ。

ビルの1階につき、入り口のガラス扉を開けようとして、夏の透明な光のまぶしさに目を眇《すが》める。

そのとき、

「あ！　ネコ！」

外から華やいだ声が聞こえた。

「あれ？　まさか、お前」

手伝いをしてくれた彼の声も聞こえた。

ガラス扉の向こうに目をやった。まぶしくて何も見えない。だけど、真っ白な日差しの中、するりと駆けていくしなやかなうしろ姿が見えた、ような気がした。わずかに開いた扉の隙間から、さぁ〜っと夏の風が吹き込んでくる。

光の中にいる彼らに、大丈夫そのまま進め、心の中でそう声をかけた。

そして、僕もまだまだ続けていける。そんな自分の確信も改めて胸に抱いて歩き出した。

# あとがき

カレーって、なんて奥深いのだろう。そう思ったのは、とある場所でカレーを心から愛する人たちに出会った時でした。なんて言うとたいそう特別な場所みたいですが、気楽な感じに申し込んでふらっと通ったカレー教室でのことです。

具材、スパイス、味わいすらも千差万別。どれも同じ顔をしていないカレーを、美味しいものが大好きな人たちと一緒に冒険していく道はとても楽しくて、大人になってもこんな風に新しい扉を開いてみることはなんて楽しいのだろうと気づかせてくれました。

残念ながら、松本くんとは違って私は美味しいカレーを作る才能にはあまり恵まれず、食べることに幸せを見出してしまいました。が、私にとって大切な扉を開いてくれたスパイスカレーの素晴らしさを、ほんの少しでも届けられないかと思って書き始めたのが本作です。まさかふたつ目の扉まで開いてくれるなんて。スパイスカレー、本当に凄いです。

こうやって皆様に手に取っていただけることになり、どのように表現していいのかわからない嬉しさでいっぱいです。

伝えたい思いを言葉にのせることができたのかはわかりませんが、本書をきっかけにスパイスやカレーに興味を持っていただけたら幸せです。もし本を読み終え、ふと、「カレー食べたいな」と思っていただけることがあれば望外の喜びです。

また、本作は本当に多くの人たちのご尽力でここまでやってまいりました。

初めてのことで何もわからない私に様々なアドバイスをくださった編集者の尾中さん、的確な指摘をくださった校正者さん、そして文字だけだった原稿から世界をすくい上げて素晴らしいイラストを描いてくださったふすいさん。他にもたくさんの人々に支えていただいてこうして形にすることができました。

最後に、今、本を手に取ってくださっている皆様。目にとめていただき誠に有難うございます。ひとつまみのスパイスの薫るように、少しでも皆様の心をときめかすことができたら幸いです。

令和三年六月　藤野ふじの

ことのは文庫

ネコとカレーライス
スパイスと秘密《ひみつ》のしっぽ

2021年6月26日　初版発行

著者　藤野《ふじの》ふじの
発行人　子安喜美子
編集　尾中麻由果
印刷所　株式会社廣済堂
発行　株式会社マイクロマガジン社
URL：https://micromagazine.co.jp/
〒104-0041
東京都中央区新富1-3-7 ヨドコウビル
TEL.03-3206-1641 FAX.03-3551-1208（販売部）
TEL.03-3551-9563 FAX.03-3297-0180（編集部）

本書は、小説投稿サイト「エブリスタ」（https://estar.jp/）に掲載されていた作品を、加筆・修正の上、書籍化したものです。
定価はカバーに印刷されています。

ISBN978-4-86716-152-4　C0193
乱丁、落丁本はお取り替えいたします。